UNDEFEATED BAHAMUT CHRONICLE
최약무패의
신장기룡
바하무트
20
KB012915
© Yuichi Murakami

"——뭐어?!"
깜짝 놀라는 룩스와 소녀들 앞에서
크루루시퍼가 어떤 제안을 꺼냈다.

"네가 왕이 된다면—
우리 모두를 맞이하도록 해."
© Yuichi Murakami

© Yuichi Murakami
"—리샤, 님?"

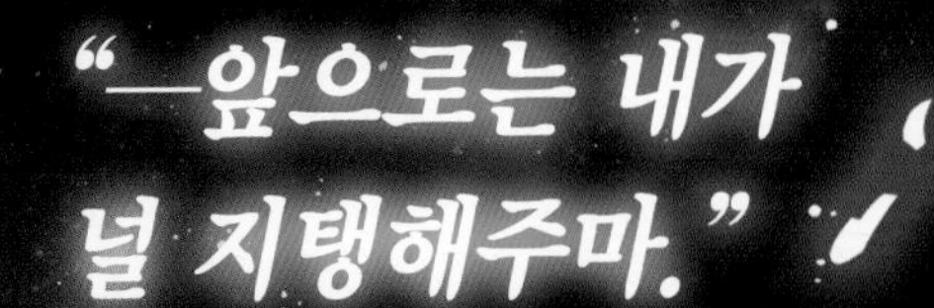
"—앞으로는 내가
널 지탱해주마."

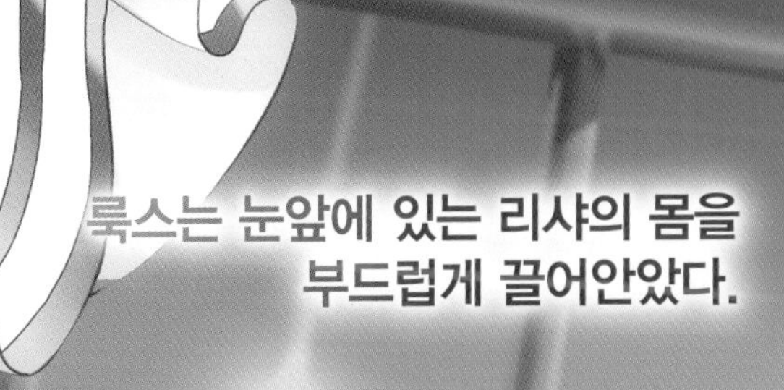
룩스는 눈앞에 있는 리샤의 몸을
부드럽게 끌어안았다.

"오빠는 그런 전술에
이골이 났다고요.
『무패의 최약』
이니까."

신장기룡 《바하무트》의 뛰어난 기동력을 활용해서,
상대의 책략을 간파하고 선제 타격을 가했다.

CONTENTS

P013 Prologue 그날 있었던 일

P023 Episode 1 학원 최강의 어리광 (세리스 편)

P057 Episode 2 눈의 나라의 밤하늘 밑에서 (크루루시퍼 편)

P083 Episode 3 소꿉친구와의 관계 (피르히 편)

P109 Episode 4 여동생은 새로운 꿈을 꾼다 (아이리 편)

P147 Episode 5 종자는 신왕국의 왕비가 된다? (요루카 편)

P181 Episode 6 친애하는 친위대 친구들 (트라이어드 편)

P215 Episode 7 왕녀의 증거 (리샤 편)

P237 Epilogue 최약무패의 신장기룡

UNDEFEATED
BAHAMUT
CHRONICLE

20

아카츠키 센리 지음
무라카미 유이치 일러스트
원성민 옮김

Character

룩스 아카디아

멸망한 아카디아 제국의 왕자.
『무패의 최약』이라고 불리는 기룡사.

리즈샤르테 아티스마타

아티스마타 신왕국의 왕녀. 붉은 전희(戰姬)라고 불린다.
신장기룡 《티아마트》의 파일럿.

피르히 아인그람

아인그람 재벌의 차녀. 룩스의 소꿉친구이며 학원장의 여동생.
신장기룡 《티폰》의 파일럿.

크루루시퍼 에인폴크

북쪽의 대국, 유미르 교국에서 온 유학생 클래스메이트.
신장기룡 《파프니르》의 파일럿.

아이리 아카디아

구제국 황족의 생존자.
1학년이며 룩스의 친여동생.

세리스티아 라르그리스

『기사단(시바레스)』의 단장, 학원 최강의 3학년. 사대 귀족인 공작가 영애이며, 신장기룡 《린드부름》의 파일럿.

키리히메 요루카

『제국의 흉인』이라고 불리던 암살자 소녀.
룩스를 주인으로 인정하고 섬기고 있다.
신장기룡 《야토노카미》의 파일럿.

후길 아카디아

『세계 개변』을 완수하기 위해 암약하던 『시작의 영웅』.
고대의 숲에서 룩스 일행에게 패배하고, 긴 생애에 종지부를 찍는다.

World

장갑기룡《드래곤 라이드》

유적에서 발굴된 고대병기.
그중에서도 희소종이며, 높은 성능을 보유한 것은 신장기룡이라고 부른다.
또한, 장갑기룡의 파일럿은 기룡사《드래곤 나이트》라고 부른다.

유적《루인》

전 세계에서 발견된 일곱 개의 고대유적. 장갑기룡《드래곤 라이드》이 발굴된 이후, 국력을 좌우하는 중요한 거점으로써 각국 간에 세력 다툼이 일어나고 있다.

환신수《어비스》

유적에서 나타나는 수수께끼의 환수. 인류를 위협하는 존재이며, 기룡사만이 대항할 수 있다.

종언신수《라그라뢰크》

한 유적에 단 한 마리만이 존재한다는 초현실적인 힘을 숨긴 일곱 마리의 환신수.

『검은 영웅』

정체불명의 장갑기룡《드래곤 라이드》을 사용하여 단신으로 약 1,200기에 달하는 제국 장갑기룡을 쓰러뜨렸다고 하는 전설의 영웅.

아티스마타 신왕국

리즈샤르테의 아버지인 아티스마타 백작이 아카디아 제국에 대항하여 일으킨 쿠데타가 성공하며 5년 전에 건국된 나라.

아카디아 구제국

세계의 5분의 1을 지배했던 대국. 세계최강이라고 일컬어지던 압도적인 군사력을 바탕으로 압정을 펼쳤으나, 쿠데타로 인해 멸망하였다.
룩스와 아이리는, 이 제국 황족의 생존자.

칠용기성

갈수록 늘어나는 환신수의 위협에 대항하여, 세계협정에 가맹한 각국에서 선출한 대표 기룡사들. 『대성역』에서 벌어진 최종 결전에 패배하여 와해됐다.

Prologue 그날 있었던 일

이 나라의—.

이 세계의 영웅의— 영웅으로서의 싸움은 일단 종지부를 찍었다.

하지만 사람이 살아가는 이상, 일상 또한 하나의 싸움이다.

그리고 소녀들의 사랑이라는 싸움의 결말은 이제부터 절정에 접어들 터였다.

이것은 그런 소소한 후일담.

†

"……그래, 그래. 우리 루노, 착하지."

"꺄륵, 꺄륵!"

봄, 성채 도시 크로스 피드.

교복 차림의 아이리는 왕립 사관(아카데미) 학원 응접실에서 소파에 앉아 은발의 갓난아이를 안고 있었다.

무척 자연스러운 그 모습은 쏟아지는 따사로운 햇살과 함께 평온한 일상을 연출했다.

"좀 있으면 아빠도 돌아오니까 얌전히 있자?"

"아우—."

아이리가 다정하게 말하자 아기도 방긋 웃었다.

그리고 아이리는 아기가 눈을 감고 잠드는 모습을 미소와 함께 지켜보았다.

그림으로 그린 것만 같은 자그마한 행복이었다.

"저, 저기, 아이리…… 그게, 그러니까……."

문틈으로 그 모습을 지켜보던 녹트는 방에 들어가자마자 정색하며 떨리는 목소리로 입을 열었다.

아이리는 그 반응에 눈을 동그랗게 뜨면서 움찔했다.

"꺅?! 놀래키지 마세요. 아기가 잠에서 깨잖아요."

"그게, 노크를 하려고 했습니다만, 너무 충격적인 광경이라 손이 움직이질 않아서……. 대체 언제 룩스 씨의 아이를—."

도끼눈으로 지켜보던 녹트는 시선을 돌려 아이리를 똑바로 바라보지 않으려고 하면서 대답했다.

마치 보면 안 되는 것이 눈앞에 있는 듯한 반응이었다.

"아·니·에·요! 이상한 오해하지 마세요! 이 아기는 에이릴 씨가 신왕국령 내의 유적(루인)에서 찾은 아카디아 일족의 생존자예요. 에이릴 씨가 데리러 오기 전까지 제가 잠시 맡았을 뿐이라구요!"

"하, 하지만 방금 아빠라고—."

"당연히 말이 그렇다는 거죠! 딱히 오빠를 가리킨 게 아니에요!"

"그런가요……. 그럼 누구인가요?"

"아무도 아니에요! 가공의 아버지라구요!"

"Yes. ……뭐, 그렇다는 걸로 하겠습니다."

"다 알겠다는 듯한 그 표정은 뭔가요……?"

아이리가 평정을 되찾은 녹트의 중얼거림을 짚고 넘어가자, 그 목소리에 아기가 깨서 울기 시작했다.

허둥지둥 아기를 다시 재운 다음에 유적에서 발견한 아기를 여자 기숙사 관리인에게 맡기기로 했다.

†

다시 응접실 소파.

"—그런데, 무슨 일로 절 찾아왔나요?"

아이리는 등을 바르게 세우며 헛기침했다.

테이블을 사이에 두고 녹트와 마주 앉아 그녀가 준비한 홍차를 한 모금 마셨다.

"아직 봄방학이잖아요. 오랜만에 마음 편히 쉬는 중인데."

"네— 하지만 이제 곧 발표해야 하니까요."

"그랬죠. 순식간이네요. 우리도 이제 곧 2학년이 되는군요."

연초에 룩스와 후길이 벌인 최종 결전은 룩스의 승리로 막을 내렸다.

그러나 학생과 국민 대부분은 라피 여왕이 세상을 떠난 사실조차 겨우 며칠 전에 알게 되었다.

따라서 국가를 새롭게 이끌어 나가기 위한 준비에 착수한 룩스는 눈코 뜰 새 없이 바빠 학원에 그다지 출석하지 못했다.

아이리 또한 그런 오빠를 돕고자 많은 일을 자진해서 맡았다.

신왕국의 새로운 국왕이 된 룩스를 위해서.

룩스는 학업과 왕의 업무를 병행하게 되었다.

다만 내정과 관련된 사안은 사대 귀족 디스트 경이 처리하기로 했으니 룩스는 명목상의 왕이나 다름없었다.

그래도 리샤 혼자만으로는 힘이 부족할 것이라는 판단하에, 수많은 공적을 남긴 『영웅』 룩스의 이름이라는 힘을 빌려주었다.

—그러나 이름을 빌려준 것에 가깝다고 해도 명색이 왕인 만큼 상당히 바빴다.

국민에게 여러 사실을 발표하기 위한 준비, 타국과의 협상 및 국내 귀족들과의 회합 등 일이 끊이지 않았다.

그리고 무엇보다도—『다섯 번의 결혼식』을 앞두고 있었다.

구제국은 왕족 또는 영주 등의 귀족에 한해서 일부다처제를 허용하였고, 신왕국도 일단은 그 제도를 이어받았다.

따라서 법률적으로도 문제는 없었지만— 그럼에도 룩스는 저항감을 품고 있었다.

그런데 한 달 전, 크루루시퍼가 꺼낸 어떤 말 때문에 모든 것이 바뀌어버렸다.

†

"—그래서, 누가 룩스 군의 마음을 사로잡았느냐에 대해서 얘기하고 싶은데."

후길을 쓰러뜨리고 결전의 무대였던 『고대의 숲』에서 왕도로 귀환하고 사흘 후.

휴식과 치료를 마친 『기사단(시바레스)』 멤버들이 한자리에 모인 그때, 크루루시퍼가 갑작스레 폭탄을 터뜨렸다.

"……느닷없이 무슨 말을 하는 것이냐?! 지금은 그럴 때가 아니다. 유적을 봉인하고 신왕국을 재건하기 위해서 해야 할 일이 태산—."

리샤가 당황한 모습으로 누군가를 제지하는 진귀한 상황 속에서 크루루시퍼는 난처해 보이는 룩스에게 다가갔다.

"지금이니까 말하는 거야. 지금까지 있었던 일, 그리고 앞으로 일어날 일 중에서 가장 중요하니까—. 룩스 군도 그렇게 생각하지?"

그러나 크루루시퍼는 물러서지 않았다.

동석한 세리스도, 삼화음(트라이어드)도, 아이리도— 평소에는 냉정한 태도를 고수하는 소녀의 제안을 놀란 표정으로 받아들였다.

요루카와 피르히만은 여느 때와 다름없는 모습으로 상황을 지켜보았다.

"그건…… 그렇, 지. 이제, 대답해야지."

룩스도 약간 뜸을 들인 후 수긍했다.

아직 망설임이 남아있는, 어딘지 모르게 소극적인 대답이었다.

소녀들은 얼마 전부터 『협정』을 맺고 모든 싸움이 끝날 때까지 룩스에게 고백하는 것을 금지했다.

그리고 《우로보로스》의 신장— 《영겁회귀(엔드리스)》로 인해 수차례 반복된 퍼레이드에서, 룩스와 네 소녀는 맺어졌었다.

이 자리에 모인 소녀들은 그 사실을 잊지 않고, 똑똑히 기억하고 있다.

아이리와 트라이어드도 이야기를 들어 그 사실을 공유하고 있었다.

“응, 알고 있어. 다만 딱 하루만 더 시간을 주면 안 될까? 누굴 선택할지, 생각할 시간을—.”

룩스가 심호흡을 하고 그렇게 대답하자 크루루시퍼가 얼굴을 가까이 붙이며 중얼거렸다.

“룩스 군, 그럴 필요는 없어. 아니, 오히려— 이제부터 누구 하나만 선택하겠다면 우리가 가만히 있지 않을 거야. 네가 왕이 된다면— 우리 모두를 맞이하도록 해.”

“—뭐어?!”

깜짝 놀라는 룩스와 소녀들 앞에서 크루루시퍼가 어떤 제안을 꺼냈다.

“물론 솔직히 말하면— 나도 당연히 나 한 명만을 봐주길 원하지만, 여기까지 온 이상 그렇게 주장할 수는 없지.”

크루루시퍼는 고개를 숙이고 진지하게 말했다.

“그리고 룩스 군이 그 퍼레이드 때 우리가 아닌 사람을 선택했다면, 무척 괴롭지만 포기했을 거야. 하지만—."

다른 누구도 아닌 룩스의 선택이라면 눈물을 머금고 따랐을 것이다.

하지만 실제로는 퍼레이드의 루프로 인한 세계 개변이 아니었다면 모두와 맺어질 가능성이 있었다. 아니, 자신의 사랑이 보답받아 서로 맺어진 현실이 분명히 존재했다.

다만 지금은 그것이 없었던 일이 되었을 따름이었다.

"만약에, 이제 와서 네가 날 선택하지 않는다면……『사실은 그때 맺어졌는데, 너의 반쪽이 되었는데』라는 마음을 품은 채 살아야 하는걸. 그건 도저히 참을 수 없어."

"크루루시퍼 씨……."

크루루시퍼의 절절한 호소에 룩스만이 아니라 이 자리에 모인 모든 이가 침묵했다.

반복되는 퍼레이드에서 고백을 받고, 혹은 고백을 하고, 룩스와 맺어졌다.

한때 행복한 미래가 실현되었다는 사실을 알게 되었기 때문에.

그 사실을 떠올리게 되었기 때문에 견딜 자신이 없었다.

그와 동시에 룩스에게는 책임이 생기고 말았다.

비록 세계가 개변된 탓일지언정 모두와 연인이 된다는 선택을 하고만 책임이.

기나긴 침묵.

이곳에 모인 모두의 고민이, 깊은 생각이 이어진 끝에 이윽고 리샤가 탄식을 토해냈다.

"—하는 수 없지. 나도 썩 내키지는 않는다만, 모두에게 룩스를 빌려주도록 하마."

"리샤 님?!"

"그 방법밖에 없지 않느냐? 안 그러면 네가 누굴 선택하든지 서로 감정이 상할 거다. 난 물론 나를 선택하리라 확신한다만, 세계 개변 때문에 다 꼬여버린 이상 어쩔 수 없지."

리샤는 그렇게 왕녀다운 관용을 보여주었으나—.

"왜 그렇게 거만하게 구는 걸까? 마치 정실이라도 되는 것처럼. 퍼레이드에서 룩스 군에게 선택받지 못한 주제에."

"뭣이?! 내가 룩스를 국왕으로 추천하지 않으면 룩스도 다른 녀석들을 아내로 맞아들일 수 없다! 그러니까 당연히 내가 정실이 되어야 하지 않겠느냐?!"

그렇게 말다툼을 시작한 리샤와 크루루시퍼를 보고 아이리는 기막혀하며 어깨를 으쓱했다.

"오빠, 얼른 어떻게 좀 해보세요. 오빠의 여성편력 때문에 새로운 왕조가 설립되기도 전부터 분열될 위기잖아요. 차기 국왕의 책무를 완수해야죠."

"국왕으로서 처음 맡는 일이 이거야?!"

아이리는 그렇게 농담조로 말했지만, 그녀도 룩스가 국왕이 되는 것에 반대하지 않았다.

원래대로라면 오빠가 골치 아픈 분쟁에 말려드는 상황은 피하고 싶었지만— 이제는 그럴 수 없다는 것도 잘 알았다.

무엇보다도 룩스를 위한 일이라는 것을 이해했다.

"아이리. 어른이 되었군요."

불현듯 옆에 앉아 있던 녹트가 웃으며 말했다.

"영문모를 소리 하지 마세요."

"Yes. 실례했습니다. 그럼 차근차근 생각해보죠. 앞으로 우리가 해야 할 일에 대해서."

그리고 구체적인 논의가 시작됐다.

†

"그때는 저도 다소 놀랐습니다."

담담하게 말하는 녹트 옆에서 아이리는 도끼눈을 떴다.

"저는 그냥 놀란 정도가 아니었어요. 다들 남의 오빠를 뭐라고 생각하는 건지……."

"Yes. 룩스 씨를 좋아하는 아이리는 불만이 많겠지만—."

"그런 얘기가 아니에요. 상식적으로 생각해봐요. 학생 신분으로 1년간 국왕의 자리를 맡으면서 다섯 명과 동시에 결혼한다니—."

크루루시퍼의 제안이란, 룩스가 신왕국의 왕이 되어 리샤, 크루루시퍼, 세리스, 피르히, 요루카까지 5명 전원을 아내로 맞아들이는 것.

물론 그때 모였던 일동 모두가 놀라고 혼란에 빠졌지만—결국 그 뜻을 디스트 경에게 전달해서 정리했다.

그리고 소녀들도 동의해서 다섯 번의 혼인이 실현되게 되었다.

Episode 1 학원 최강의 어리광 (세리스 편)

그 뒤로— 왕도에서 거행될 리샤와의 결혼식을 마지막으로 남겨두고, 왕비가 될 소녀들의 고향을 순서대로 찾아가기로 했다.

말하자면 형식상 국왕이 될 룩스의 친정이다.

왕의 업무가 구체적으로 어떠한 것인지, 왕이 된 룩스는 처음으로 체험하는 것이었다.

우선 신왕국 영토 내부의 기반 다지기.

약혼자가 된 세리스와 함께 사대 귀족 디스트가 통치하는 서방령으로 출발했다.

장거리 여정인 만큼 시간을 단축하기 위해서 성곽 도시에 들어설 때까지는 장갑기룡(드래곤 라이드)으로 이동했고, 멤버는 룩스와 세리스, 호위를 맡은 트라이어드만으로 구성됐다.

룩스는 최후의 대전이 일단락되었으니 이제 이런 규모의 호위는 필요 없을 것이라고 생각했지만, 트라이어드의 샤리스는 타이르듯 말했다.

"단둘이 있고 싶은 마음은 알지만, 그래도 너무 평화에 젖었다고, 룩스 군. 언뜻 보기에는 모든 문제가 사라진 것 같지만, 이런 때야말로 말썽이 일어나기 마련이야. 지금까지 그늘에 숨어있던 녀석들이 뭔 짓을 저지를지 몰라. 그러니 계속 경계할 필요가 있어."

군 부사령관의 딸인 샤리스의 주장은 지당했다.

언뜻 보기에는 현 신왕국에 불온분자는 없어 보인다.

하지만 사람과 사람이 함께 사는 이상— 국가라는 것이 존재하는 이상, 왕족으로서 방심은 금물이다.

룩스는 『세례』를 받아 육체가 강화되고, 강력한 신장기룡이라는 무기를 가졌기 때문에 무의식적으로 방심한 것일지도 모른다.

"알겠습니다. 그럼 세 사람에게 부담을 지우게 될지도 모르지만, 호위를 부탁해도 될까요?"

"물론이지. 싫다고 해도 따라갈 거야~."

"Yes. 알겠습니다, 폐하."

룩스가 다시금 트라이어드에게 부탁하자 티르파가 밝게, 녹트는 정중하게 대답했다.

그걸 보며 룩스는 살짝 쓴웃음을 지었다.

"그렇게 격식 안 차려도 되는데."

"아니, 앞으로는 차려야 해. 너도 이제부터— 아니, 폐하께서도 이제부터 학생과 국왕 업무를 병행하셔야 하니, 형식을 갖추는 것이 바람직합니다."

샤리스는 진지하게 대답하며 미소지었다.

그녀의 주장은 구구절절 옳았다.

옆에 있는 세리스도 고개를 끄덕이며 입을 열었다.

"맞는 말이에요. 룩스, 앞으로 남들 앞에서는 조금 답답해지겠군요."

"—네. 어쩔 수 없죠."

룩스가 아쉬움이 묻어나는 미소를 지으며 자세를 꼿꼿이 가다듬었다.

"그러면 다시 명령하겠다. 트라이어드여, 호위로서 나의 여행에 동행할 것을 명한다."

"예."

그를 섬기는 세 사람이 나란히 소리 높여 대답했고— 하지만 다음 순간, 샤리스가 씨익 웃으며 말했다.

"다만 보는 눈이 없을 때는 평소처럼 해도 돼, 룩스 군."

"앗, 치사해. 나한테까지 굳이 귀찮은 짓을 시킨 주제에!"

너그럽게 웃는 샤리스를 보고 티르파가 쏘아붙였다.

녹트는 평소처럼 도끼눈을 뜬 채 두 사람을 지켜보았다.

"참 곤란한 분들이라니까요."

"그래도, 고마워."

트라이어드 삼인조도 룩스가 사실은 엄격한 주종관계를 바라지 않는다는 것을— 왕족으로서의 지위를 바라지 않는다는 것을 헤아린 것이리라.

그것이 일종의 응석이라고 해도 때와 장소만 제대로 가리면 문제는 없다.

그런 관계의 친구가 있음을 기쁘게 생각하면서, 룩스 일행은 서방령으로 출발했다.

†

장갑기룡으로 긴 거리를 순식간에 이동하고, 성곽 도시부터는 디스트 경이 준비한 마차를 타고 움직였다.

성에 도착하자마자 성곽 도시를 시찰하러 나섰다.

시민들은 룩스라는 영웅의 방문을 환성과 함께 맞아주었고, 룩스는 마차 안에서 손을 흔들어 호응했다.

그 후 영주인 디스트의 작은 성으로 돌아가자 부지 내에서 고용인들이 전부 나와 맞아주었지만, 사대 귀족이라는 격에 비하면 인원이 적은 듯했다.

그래도 홀에서 연회가 시작되자 손님들이 속속 찾아왔다.

서방령의 영주들과 그 관계자들. 이웃 나라의 변경 귀족들. 인근 도시, 마을의 시장과 촌장 등 손님은 끝이 없었다.

예복으로 갈아입은 룩스는 아름다운 연녹색 드레스를 입은 세리스와 함께 귀빈을 상대하느라 정신이 없었다.

"어떤가, 많이 피곤하지?"

세리스와 약혼한 룩스의 미래의 장인어른이 된 디스트가 파티 도중에 그를 데리고 나와 말을 건넸다.

전체를 휴게장소로 꾸민 응접실에서 간단히 차를 마시며 숨을 돌리기로 했다.

그동안 세리스가 성주 대행으로 접객하기로 했다.

"아니요. 국왕으로서 정식 업무는 이제 막 시작했을 뿐인걸요."

룩스는 태연한 척했지만, 귀족들을 상대하는 것이 익숙하지 않아 다소 어려움을 느끼는 건 사실이었다.

성채 도시의 학원이 특수했던 것뿐인지도 모르지만, 여자 기숙사에서 날품팔이 생활을 하던 때가 훨씬 신경 쓸 일이 적고 편했던 것 같았다.

아니면— 학원에서의 평화로운 일상도 평상시 아이리의 물밑 작업이나 트라이어드의 재치 덕분이었을지도 모른다.

그래도 이것은 룩스가 직접 선택한 길.

나약한 소리를 하기에는 너무 이르다.

그렇게 생각하며 심호흡을 한 차례 하자 디스트가 부드럽게 웃었다.

"자네는— 강하군."

진심으로 감탄한 듯한 어조.

"그렇지 않습니다. 특히 디스트 경께는 정치 쪽으로 신세만 지는 형편이고…… 게다가—."

"나는, 한 인간으로서 좌절할 뻔했다네. 아니— 아무것도 할 수 없었다는 게 더 정확하겠군."

디스트는 허공을 바라보며 룩스의 말을 가로막듯이 말했다.

지나간 과거.

이제는 볼 수 없는 광경을 머릿속에서 그려내는 것처럼.

"딸에게서 들었을지도 모르지만, 구제국 시절의 남존여비

관습 때문에 아들을 낳지 못한 아내는 설 자리가 없었네. 하지만 몸이 약한 탓에 아이를 더 낳는 것도 여의치 않았지."

"……."

그것은 사대 귀족이라는 큰 권력을 가진 디스트조차도 자신의 책임이나 지위에 휘둘리며 살아왔다는 독백이었다.

혹은 그렇기 때문에 더욱 그런 걸까.

힘을 가졌기 때문에 어떤 사소한 약점일지라도 끄집어내서 이용하려고 드는 무리가 잇따라 나타나게 된다. 그것은 친척, 가족일지라도 예외가 아니다.

디스트의 본처가 아들을 낳지 못했다는 약점을 이용해서 주위의 귀족들이— 심지어 친척들까지도 측실 후보를 데려왔다고 한다.

"나는 그 상황이 내키지 않았다네. 애초에 아내 이외의 여성을 사랑할 생각도 없었지만, 측실이 아들을 낳으면 집안이 망가지리라는 걸 잘 알았거든."

병약한 본처가 설 자리를 잃고 쫓겨나는 미래가 눈에 훤했다.

영주로서 뛰어난 식견과 실력을 갖춘 디스트는 측실을 계속 거부했지만— 아내를 향한 중상모략을 막고, 그녀의 난처한 처지를 개선하지는 못했다.

결국 디스트의 아내— 이르셰는 친인척의 음모를 피하려는 것처럼 음지 속에서 인생을 보냈다.

"그로부터 제국이 붕괴하고 신왕국으로 거듭나며— 표면적인 풍조는 바뀌었네. 허나 사람들의 인식은 쉽게 변하지 않는

법. 남성을 우월하게 여기는 기류는 여전히 남아있어. 자네는 나처럼 무력한 남자가 되지 않길 바라네."

"……."

아마도 타인은 물론이거니와 딸 세리스에게도 말한 적 없을 이 고백은 룩스의 미래를 위한 진심 어린 조언이리라.

신왕국에서 다섯 명의 아내를 두게 되면 온갖 고난과 맞닥뜨리게 될 것이다.

설령 룩스와 다섯 명에게 그럴 생각이 없어도, 주위에서 가만히 내버려 둘 리가 없다.

그럴지라도 지지 마라— 룩스는 그런 격려로 받아들였다.

"알겠습니다. 다만, 방금 하신 말씀 중에서 하나만 정정하겠습니다."

"뭔가?"

"이 짧은 얘기로 감히 다 헤아릴 순 없지만, 디스트 경은— 결코 무력하지 않았다고 생각합니다. 설령 뜻대로 풀리지 않았다고 해도, 부인의 마음을 지키는 든든한 방패가 되었을 겁니다."

"어째서 그렇게 생각하나?"

"단 한 명이라도 진심으로 자기 자신을 사랑해주는 사람이 있다면, 헤아려주는 사람이 있다면, 단지 그것만으로 인간은 구원받는 법이니까요."

그 대답에 디스트는 잠시 말문이 막혔다.

이윽고 작게 탄식을 흘리며 천천히 자리에서 일어났다.

"딸을 그렇게 아껴준다면 걱정할 건 없겠지. 자네는 조금 더 쉬었다 오게. 나는 먼저 돌아가 봐야겠군."

"아뇨, 저도 같이 가겠습니다. 세리스 선…… 아니, 그녀의 곁에 있고 싶으니까요."

"그런가."

디스트의 표정에는 안도감과 함께 일말의 쓸쓸함이 깃들어 있는 것만 같았다.

딸을 떠나보내는 아버지의 마음을 느끼며, 룩스는 연회장으로 돌아갔다.

앞으로 공식적인 국왕은 룩스이지만, 실질적으로는 디스트가 왕도에서 국정을 도맡게 된다.

그래도 룩스는 자기 자신의 책무를 최대한 수행하기 위해 귀족들에게 에워싸인 세리스를 도우러 갔다.

계속되는 밤의 연회.

기본적으로는『영웅』이라 불리기 마땅할 공적을 쌓고 차기 국왕이 될 룩스와 그 보좌관으로서 곁에서 도와준 세리스에 대한 찬사가 오기는 자리였지만, 개중에는 벌써 잇속을 차리려고 넌지시 운을 떼는 귀족들도 있었다.

겉으로는 협력적인 태도를 보여주며 은근슬쩍 속내를 내비쳤다.

예를 들면— 장갑기룡의 밀매를 바라는 자.

자신의 기사단을 왕국 정규군에 넣어주기를 요청하는 자.

혹은 좀 더 노골적으로 편의를 원하는 자.

상황에 맞춰 단호하게 거절하거나, 잘 구슬려서 넘겨야 한다.

정치적인 문제에 대한 이야기도 오갔다.

룩스에게는 긴 밤이 깊어가고— 이윽고 귀빈들을 전부 배웅한 후, 세리스와 단둘이 남았다.

"—세리스 선배, 괜찮으세요?"

"……걱정마세요. 전 아직 더 마실 수 있습니다."

옆에서 주먹을 불끈 쥐는 세리스의 벌겋게 달아오른 얼굴을 보고 룩스는 쓴웃음을 지었다.

그녀는 술에 약하지만, 이번에는 연회의 주인공이라는 입장상 꽤 무리했을 것이다.

나쁜 술버릇은 없는듯하지만, 이성은 다 녹아내린 것 같았다.

"수고하셨어요. 이제 좀 쉬세요."

뒷정리는 고용인들의 일이므로 그들에게 맡기고 룩스와 세리스는 물러나기로 했다.

작은 성 부지 내에 있는 별채가 이번에 두 사람이 머물 숙소라고 들었기 때문에 그녀에게 어깨를 빌려주고 일어나려고 했다.

"으응……."

축 늘어진 세리스의 무게. 그리고 술 때문에 열기를 머금은 부드러운 육체에 룩스의 심장이 두근거렸다.

그러고 보니 룩스가 묵을 곳은 지정됐지만, 세리스의 침실은 지정되지 않았다.

설마 그럴 리는 없겠지만— 아니, 침대가 두 개 있으면 아무

문제 없을 것이다.

애초에 설령 그런 일이 일어난다 쳐도 이미 약혼자인 이상 전혀 문제 될 부분이 없으므로— 그 사실이 룩스의 머리를 더욱 뜨겁게 했다.

'진정하자. 세리스 선배는 지쳤어. 나도 물론 지쳤고…….'

룩스는 심호흡을 하며 저택으로 갔다.

룩스에게 부축받는 세리스도 어쩐지 호흡이 거칠었지만, 의식은 또렷했다.

경비병이 한 명 있을 뿐인 저택은 깜깜했다.

문을 열고 방에 들어서자 램프 빛으로 밝혀진 응접실에는 고급스러운 실내복을 입은 여성이 있었다.

"어머나. 안녕?"

"—어?"

분명 아무도 없으리라 생각했기 때문에, 룩스는 예상치 못했던 존재에 깜짝 놀랐다.

우아하고 부드러운 인상의 미녀는 나이가 다소 있는 듯했으나 그런 느낌이 들지 않을 만큼 싱그러운 매력이 흘러넘쳤다.

그리고— 금발 벽안의 외모에서는 은근히 세리스의 이미지가 느껴졌다.

"—어머님?!"

멍하니 있던 세리스가 재빨리 룩스의 어깨에서 머리를 떼고 자세를 가다듬었다.

술기운 때문에 다리가 휘청거렸지만 어떻게든 쓰러지지 않고 섰다.

"오늘 고생 많았어. 일은 잘 마쳤니?"

"아, 네! 어머님이야말로 몸은 괜찮으세요?"

얘기는 종종 듣긴 했지만 룩스는 처음으로 세리스의 어머니와 대면했다.

병약한 탓에 세리스를 낳은 후로 평소에는 요양에 전념하고 있다고 들었다. 오늘 연회에도 참석하지 않았기 때문에 분명 그만큼 건강이 안 좋은 줄로만 알았다.

이곳에서 만날 줄 몰랐기 때문일까. 아니면 취해서 룩스에게 기댄 모습을 보여줬기 때문일까. 세리스는 무척 당황한 것 같았다.

아버지 디스트 앞에서는 의젓한 연장자이자 리더의 모습을 보여주었지만, 어머니 앞에 선 그녀는 또 다른 모습을 보여주었다.

"그렇게 무리할 것 없단다. 여기에 다른 사람은 없으니까. 그리고— 내 얘기도 금방 끝날 거야."

미녀는 온화하게 부드럽게 웃으며 다시 룩스 쪽을 바라보았다.

"저는 세리스의 어머니, 이르셰 라르그리스입니다. 딸을 잘 부탁해요."

"아, 아닙니다. 저야말로 세리스 선— 따님께 항상 신세만 지고 있는걸요."

정중한 인사에 룩스도 재빨리 화답했다.

소파에 앉으라고 권하자 이르셰는 살짝 고개를 저었다.

"배려하지 않아도 괜찮아요. 두 사람을 방해하러 온 건 아니니까요."

"방해라니요. 저도 정식으로 인사드리고 싶었는걸요."

이르셰는 룩스의 대답을 듣고 두 사람에게 미소를 보냈다.

"당신이 룩스 아카디아 공이군요. 소문은 익히 들었습니다만, 정말 소문으로 듣던 모습 그대로네요."

"……."

과연 룩스의 명성은 세리스의 어머니에게 어떻게 전달되었을까.

그렇게 생각하자 조금 긴장됐다.

"믿음직하고, 올곧고, 무척 자상한 남자아이라고 들었어요. 당신의 어깨에 기댄 딸을 보고 안심했답니다."

"그, 그건 제 부덕의 소치입니다! 평소에는 결코 이런—."

세리스는 손을 눈앞에서 정신없이 휘저으며 다급하게 변명했다.

하지만 이르셰는 쓴웃음을 머금고 고개를 설레설레 저으며 띠스한 시선으로 세리스를 바라보았다.

"부끄러워할 것 없단다. 그건— 네가 신뢰할 수 있는 남성을, 마음을 허락할 수 있는 남성을 찾았다는 증거이니까. 예전의 너라면 아무리 지치더라도 그런 약한 모습을 남들에게 보여주진 않았겠지. 다른 누구도 아닌, 날 위해서."

"어머니……."

"어떻게 그걸 모를 수가 있겠니. 명색이, 네 엄마인데—."

이르셰는 절절함을 담아 말하며 눈을 내리떴다.

"내 처지를 생각해서 뛰어난 기사가 되기 위해 남들보다 갑절 이상 노력했고, 그러면서 약한 소리는 조금도 하지 않았지. 그이 앞에서든 내 앞에서든, 결코 좌절한 모습을 보여주려고 하지 않았어."

"……."

세리스는 어머니의 말을 들으며 고개를 숙이고 침묵했다.

정곡이었을 것이다.

세리스의 집안 사정에 대해서는 룩스도 들어서 알고 있었다.

이르셰는 사대 귀족의 본처, 명문 귀족 가문에 시집간 몸이면서 『남자』 후계자를 낳지 못했다.

그 탓에 친인척을 비롯한 주변 사람들이 멸시의 시선을 보냈고, 뒤에서 험담을 해댔다.

세리스는 그런 소문을 불식하기 위해서 그 누구보다도 강해지려고, 남성 이상으로 뛰어난 모습을 보이려고 했다.

무리하고 있다고 생각하지 못하도록, 어머니에게 심려를 끼치지 않도록, 계속 그런 모습을 보여주었을 것이다.

다른 이들에게 약한 소리를 하거나 어리광을 부릴 수조차 없어서 고양이나 인형에게 말을 걸곤 하던 그녀의 강한 척은 진즉 간파된 모양이었다.

"너는 내 자랑이야. 엄마는 이미 충분히 구원받았어. 그러니까— 앞으로는 너 자신의 행복을 위해 살렴. 너와 네가 사랑하는 사람을 위해 싸우렴."

"……."

자애가 가득한 따스한 목소리에 룩스와 세리스는 아무런 대꾸도 할 수 없었다.

긍정도 부정도 하지 말고, 그저 있는 그대로를 받아들여야 마땅한 말이었으니까.

"그럼 이만 실례할게요. 아, 소소한 바람 하나를 덧붙이자면, 하루빨리 손주를 보게 된다면 어머니로서 무척 기쁠 것 같네요."

의미심장한 말과 미소를 남기고 이르셰는 별채를 떠나 밖에서 대기하던 시녀를 따라 성으로 돌아갔다.

분명 그녀를 그 누구보다도 사랑하는 남편— 디스트 경에게 가는 것이리라.

†

"잠시, 거실에서 쉴까요……?"

룩스와 세리스는 이르셰를 배웅한 후 둘만 남은 거실에서 잠시 쉬기로 했다.

거실 탁자에는 이르셰가 만든 치즈 케이크가 놓여 있었다.

"네……. 역시 취기가 좀처럼 가시질 않는군요. —윽?!"

세리스는 긴장이 풀린 탓인지 순간적으로 다리를 휘청이며 넘어지려고 했다.

곁에 있던 룩스가 급히 그녀의 몸을 지탱해주었다.

"읏……?!"

그대로 힘을 담아 끌어안았다.

두 사람의 거리가 다시 좁혀졌다.

"룩스……. 그, 고맙, 습니다."

"무리하지 말고 쉬고 계세요. 저는 차를 끓여올게요."

룩스는 세리스의 몸을 소파까지 데려다주었다.

귀빈들의 응대를 무사히 마치고 긴장이 풀린 것이리라.

그리고— 휴식을 취하긴 했지만, 둘 다 격전의 피로가 아직 남아있었다.

조금 전 이르셰의 말처럼 평소에는 약한 모습을 보여주지 않는 세리스는 계속 참아왔던 걸지도 모른다.

"고맙습니다……."

술에 취한 세리스는 소파에 몸을 맡긴 채 뜨거운 시선으로 룩스를 바라보았다.

"그러고 보니 세리스 선배, 내일 하고 싶은 거 있으세요?"

"그건…… 무슨 뜻인가요?"

멍한 눈을 동그랗게 뜬 세리스에게 룩스는 낯간지러운 듯이 말했다.

"그게, 열심히 노력한 세리스 선배에게 답례를 하고 싶어서요. 따로 없다면 굳이—."

"……."

그 말을 들은 세리스는 몇 초간 침묵했지만—.

"……그럼, 부탁 하나 해도 괜찮을까요?"

머뭇머뭇 그렇게 물어보았다.

룩스가 고개를 끄덕이자 세리스는 결심한 것처럼 말했다.

"저기, 어리광 부려도 괜찮을까요? 오늘 밤만이라도 좋으니까요."

"—네?"

소녀는 룩스에게서 눈을 돌리고 못 할 말이라도 한 것처럼 얼굴을 빨갛게 물들였다.

룩스는 그 말뜻을 바로 이해하지 못하고 고개를 갸웃했다.

"그게, 잘 생각해보니까 저는 철이 든 뒤로는 다른 사람에게 어리광을 부린 기억이 거의 없어서요……. 하지만 룩스와 함께 있을 때만큼은 그 어느 때보다도 마음이 편했어요. 그러니까—."

마치 자신이 지은 죄를 자백이라도 하는 듯한 말투였다.

"……."

분명 세리스는 철이 든 뒤로— 기억하는 범위 내에서 정말로 어리광을 부린 적이 없을 것이다.

처음에는 아들을 낳지 못한 어머니를 위해서.

어느 정도 시간이 흐른 뒤에는 자신의 스승이었던 룩스의 외조부를 위해서.

그 누구보다도 강하고 올바르게 살고자 자기 자신을 억누르며 부단히 노력해왔다.

그 올곧음은 세리스에게 학원 최강이라는 이름을 주었으나, 그녀에게도 그 연령대의 소녀다운 부분은 당연히 존재했다.

그저 어리광이 허용되지 않는 입장이라고 자기 자신을 몰아붙이며 살아온 탓에 그 누구에게도 속내를 토로할 수 없었을 뿐.

그래서 고양이, 새, 초목이나 인형 앞에서 하소연하던 것이다.

룩스가 학원에서 처음으로 세리스와 마주쳤을 때 본 모습처럼.

『믿음직한 누군가에게, 어리광을 부리고 싶다.』

시간이 지나고 그녀의 존재감이 커져감에 따라 그것은 점점 더 실현 불가능한 꿈으로 변해갔다.

어리광이란, 너무 과하면 몸에 좋지 않은 과자 같은 것이다.

하지만— 세리스처럼 남들의 몇 배 이상 노력하고, 책임감을 갖고 싸워 온 사람이 가끔 먹는 정도라면 괜찮다.

그리고 자신의 의지로 단 한 번도 어리광을 부리려고 하지 않았던 그녀가, 비록 술의 영향이 있다고는 해도 마음을 허락해주었다는 사실이 기뻤다.

그 누구보다도 어리광 부리는 게 서투른 소녀가, 자신이라는 남자를 전폭적으로 신뢰한다는 증거였으니까.

"네. 저라도 괜찮다면, 기꺼이."

룩스는 밝고 온화한 목소리로 대답하며 세리스를 향해 미소 지었다.

"오늘 밤만이 아니라 언제든, 원하는 만큼 어리광 부려주세요."

"룩스……."

얼굴이 붉게 달아오른 세리스의 눈동자에 찬란한 별을 연상케 하는 빛이 떠올랐다.

다음 순간, 세리스는 소파 깊숙이 몸을 맡기고 온몸에서 힘을 뺐다.

이 여행에서 가장 기다리던 시간.

드레스 차림의 세리스와 단둘이 보내는 달콤한 한때가 시작되려 하고 있었다.

†

천장의 샹들리에에서 쏟아지는 포근한 오렌지색 불빛.

소파 앞 난로에서 불이 탁탁 튀는 소리를 배경음악 삼아 단둘이 보내는 오붓한 시간.

적당히 술에 취한 몸과 기분 좋게 다가오는 평온한 분위기.

그와 동시에 새콤달콤한, 가슴을 설레게 하는 감각도 있었다.

소파에서 쉬는 세리스의 옆에서, 룩스는 찻물을 끓일 준비를 했다.

세리스는 뺨에 홍조를 띠고 그 모습을 사랑스러운 듯 지켜보았다.

"세리스 선— 아니, 세리스는 푹 쉬어."

"네……."

룩스는 조금 전 세리스에게 부탁받고 말투를 바꾸었다.

룩스는 연하인데다 사관후보생 후배이므로 평소에는 경어를 썼지만, 그러면 어리광 부리기 어려우므로 같은 또래처럼 대해달라는 부탁이었다.

확실히 연하임을 인지하는 상황에서 연상인 세리스가 어리광 부리기는 힘들 것이다.

『그리고— 저와 당신은 이제 연인이자 약혼자이니까요.』

그녀가 수줍게 말하자 싫어도 지금 관계를 의식할 수밖에 없었기 때문에 룩스의 가슴이 세차게 요동쳤다.

물이 끓는 동안 모포를 찾아 그녀의 어깨를 덮어주었다.

차 마실 준비를 얼추 끝내고, 우선 이번 여정에 대한 노고를 치하했다.

"오늘 수고 많았어. 파티에서 손님들 상대하느라 힘들었지?"

"……네, 힘들었어요. 익숙하지 않은 일이다 보니 싸울 때보다 신경이 많이 쓰이더라고요."

여전히 술에 취해 얼굴이 발그레한 세리스는 눈을 감고 입가에 살짝 미소를 머금었다.

그리고 소파 옆자리에 앉은 룩스에게 고양이처럼 몸을 기댔다.

룩스는 그런 그녀를 위로하는 것처럼 부드럽게 머리를 쓰다듬어주었다.

세리스는 기분 좋은 듯 눈을 감은 채 룩스에게 몸을 맡겼다.

"덕분에 도움이 많이 됐어. 열심히 해줘서 고마워."

룩스가 다정하게 속삭이며 계속 쓰다듬어주자 세리스는 안도의 한숨을 흘렸다.

"다행이다……. 룩스가 좋아하니 저도 기뻐요. 정말— 행복합니다."

세리스는 술기운 때문인지 꿈을 꾸는 것처럼 몽롱한 말투로 그렇게 중얼거렸다.

"룩스는, 다정한 사람이에요. 정말 좋아해요. 영원히 이렇게 있고 싶어요……."

얼굴과 몸을 연신 부비며 행복한 얼굴로 중얼거리는 세리스를 보고 룩스는 가슴이 쿵쾅거렸다. 평소에는 늠름하고 초연한 연장자의 모습을 보여주는 만큼, 지금의 그녀는 유달리 귀엽게 느껴졌다.

세리스는 의식하지 못했겠지만, 밀착한 탓에 느껴지는 소녀의 달콤한 향기와 드레스 너머의 온기, 가볍게 눌린 풍만한 가슴에 룩스의 이성은 당장에라도 녹아내릴 것만 같았다.

'위, 위험해……. 세리스 선배의 이런 무방비한 모습이라니―. 파괴력이 너무 강해……!'

방심하는 순간 이성을 잃을 것 같았기 때문에 심호흡을 하며 마음을 다스렸다.

가까스로 폭주를 면한 룩스는 만취한 세리스를 부드럽게 어른 다음 케이크와 홍차를 가져왔다.

"세리스, 차 가져왔어. 이르셰 씨의 케이크는 스스로 먹을 수 있겠어?"

"취기가 좀 돌아서, 자신이 없네요."

드레스 차림의 세리스는 좌로 우로 몸을 휘청이며 실눈을 떴다.

룩스가 옆에 앉자 기쁜 듯 다시 몸을 기댔다.

"룩스가, 먹여주면 좋겠어요."

"뭐……?!"

"아, 안 될, 까요……?"

키가 큰 세리스가 아래에서 올려다보며 조르는 모습을 보이자 룩스는 당황했다.

살짝 낯 뜨거운 부탁이었지만 지금은 세리스와 단둘뿐이다.

그렇다면—.

"그럼…… 자, 아—."

작은 접시에 나눠 담은 케이크 한 조각을 포크로 조금 떼어서 세리스의 입가로 가져갔다.

세리스는 작게 입을 벌리고 먹이를 달라고 보채는 아기 새처럼 입술을 내밀었다.

아리따운 옅은 핑크색 입술이 부각되어 보였다.

살짝 포크를 내밀고 세리스가 케이크를 입에 넣는 모습을 지켜보았다.

오물오물 입술을 움직여 케이크를 삼킨 후, 소녀는 달콤한 숨결을 살짝 내뱉었다.

"달콤하고, 맛있어요. 이렇게 룩스가 먹여주니까…… 정말 좋네요."

세리스가 도취한 듯한 목소리로 속삭이자 룩스의 뇌도 녹아내릴 것만 같았다.

그 행위는 케이크가 접시 위에서 없어질 때까지 계속되었고, 홍차도 세리스의 요청을 따라 룩스가 입김으로 식혀서 먹여주었다.

단지 그 행위만을 담뿍 시간을 들여서 했다.

처음 만난 뒤로 지금까지의 있었던 일.

앞으로 있을 일.

얘기할 내용은 얼마든지 있지만, 말은 필요 없었다.

잔잔하게 흘러가는 시간을 만끽한 후, 룩스는 세리스를 안고 침실로 갔다.

새 시트를 깐 침대에 그녀를 눕히고, 어리광을 계속 받아주었다.

"……그러면, 이번엔 마사지를 해 줄 수 있을까요? 후암……."

완전히 어리광 모드에 들어간 세리스가 작게 하품하며 졸랐다.

"마, 마사지요?"

이미 상당히 흥분한 룩스는 그 말에 당황했다.

아무리 그래도 그건 위험하지 않을까?

마사지로 피로를 푸는 것 자체는 이치에 맞지만 룩스도 남자다.

이제는 연인이자 약혼자인 세리스와 단둘뿐인 이 상황에서 과연 잘못을 저지르지 않고 버틸 수 있을 것인지 고민했다.

'아니, 딱히 잘못은 아니지…… 않나? 왜냐하면 나랑 세리스 선배는 이미—.'

서로 사랑하는, 미래를 약속한 사이이니까.

서로를 더욱 요구한다 하더라도 이상할 것은 없다.

오히려 세리스가 졸업할 때까지 학원에서 공공연히 연애하는 것이 어렵다는 것을 생각하면 지금 그렇게 하는 게 옳다고 볼 수 있다.

'잠깐만. 설마 이 별채는 그걸 위해서—.'

룩스는 그제서야 단둘뿐인 숙소를 준비해준 의도를 깨달았지만, 세리스는 아마도 자각이 없을 것이다.

그렇다면— 여기서 세리스를 배신할 수는 없다.

"해주지, 않을 건가요……?"

어딘지 모르게 쓸쓸함이 느껴지는 눈으로 올려다보는 세리스를 보고 룩스는 결심했다.

"알겠습…… 알았어, 세리스. 그럼 엎드려볼래?"

과도하게 부푼 기대를 가라앉히고 세리스의 등에 손을 댔다.

그러나 등이 깊게 파인 드레스를 보기만 했을 뿐인데 룩스의 이성이 순식간에 흔들렸다.

"……."

"어라? 무슨 문제라도 있나요……?"

"아, 아니……! 아무것도 아냐!"

세리스가 엎드린 채 고개만 돌려서 묻자 룩스는 급히 제정신을 차렸다.

"혹시 드레스 때문에 불편해요?"

"……뭐, 조금."

룩스는 『눈을 둘 곳이 없어서』라는 뜻을 담아 대답했다.

그런데 뭘 어떻게 착각한 것인지 세리스는 몸을 일으키더니 팔을 쭉 뻗고 드레스를 벗기 시작했다.

"잠깐……?! 세리스?!"

룩스는 예상치 못한 행동에 크게 당황하며 뒤돌아섰다.

옷이 스치는 소리가 그친 후 룩스가 조심스레 돌아보니 세리스는 조금 전과 똑같은 구도로 엎드려 있었다.

허리 아래로는 모포를 덮고 있었다.

심지어 취한 탓에 벗는 게 귀찮았는지 목이 긴 흰색 장갑은 여전히 끼고 있었다.

'진정하자……. 지금 세리스 선배는 자기가 뭘 했는지 모르고 있어. 이럴 때일수록 신사적으로—.'

혼란에 빠진 룩스는 마치 몽유병 환자처럼, 세리스가 조르는 대로 알몸을 드러낸 그녀의 등에 손을 댔다.

견갑골 부근에 살며시 손바닥을 대고 다섯 손가락에 천천히 힘을 주었다.

"으응……. 하아아……."

"……."

매끄럽고 생기가 넘치는 피부의 촉감이 기분 좋았다.

단련된 사람의 탄력. 하지만 그녀가 여성임을 확실하게 나타내는 지방의 부드러움이 공존하고 있었다.

아마도 엎드려 있는 탓에 그녀의 풍만한 가슴이 눌려 있는 것이리라.

'아니, 무슨 상상을 하는 거야……! 진정하자……!'

숨을 고르기 위한 심호흡마저도 세리스에게서 희미하게 감도는 향기를 의식하게 했다.

심장이 폭발할 듯 뛰어댔지만, 강철같은 자제력으로 자기 자신을 제어했다.

어깨에서 시작하여 등 전체, 두 팔, 허리까지. 날품팔이 왕자 시절에 습득한 기술로 세리스의 뭉친 근육을 풀어주었다.

"룩스의 손길…… 정말 기분 좋아요. 더 세게 해도, 괜찮답니다."

"그, 그래……!"

룩스는 체중을 살짝 싣고 힘을 담아서 세리스 몸을 주물렀다.

그럴 때마다 룩스의 안에서 형언할 수 없는 고양감이 더욱 세차게 타올랐다.

룩스는 어느 의미에서는 지금까지 겪은 어떤 싸움보다도 강력한 인내심을 발휘해야 했다.

그렇게 천국인지 지옥인지 알 수 없는 시간이 끝나자 세리스는 어느새 엎드린 채 새근대는 숨소리를 내며 잠들어 있었다.

"하아…… 피곤하다."

육체적이 아니라 정신적으로.

하지만 겨우 인고의 시간이 끝났다고 안도한 것도 잠시, 룩스는 어떤 무시무시한 사실을 깨달았다.

"아니, 그런 꼴로 잠들면 어떡해요!"

룩스는 무심결에 평소 말투로 외쳤다.

바로 세리스에게 모포를 덮어주었지만, 이 침실에는 난로가 없으니 그것만으로는 감기에 걸리게 될 것이다.

'일단 깨워서 잠옷으로 갈아입혀야 해.'

룩스는 그렇게 생각하고 곤히 잠든 세리스에게 입힐 잠옷을 찾아 준비했다.

시간을 너무 오래 끌면 그녀의 몸이 식게 된다.

거기까지 생각한 룩스가 눈 딱 감고 세리스의 상반신을 일으킨 순간, 세리스가 룩스를 안아버렸다.

모포 한 장만 걸친 알몸으로 포옹하자 룩스의 사고가 정지했다.

세리스가 눈을 게슴츠레 뜨고 졸린 눈을 팔로 비볐다.

"음냐……. 룩스, 오늘 밤의 마지막 소원. 들어줄 수, 있나요?"

"저기, 세리스 선배. 우선 잠옷부터 입고—."

심장이 쿵쾅쿵쾅 경종을 울렸다.

그런 반면에 언제까지고 이렇게 있고 싶다는 새콤달콤한 설렘을 느꼈다.

하지만 세리스의 팔에서는 힘이 빠지지 않았다.

오히려 더욱 세게, 강한 마음을 담아 끌어안았다.

부드러운 가슴이 자신의 가슴에 맞닿아 눌리는 감촉에 룩스는 눈앞이 아찔해졌다.

그 직후, 살며시 포옹을 풀자 눈앞의 세리스가 미소 지었다.

"기억의 저편으로 사라져버린 퍼레이드 때…… 당신이 고백한 순간을, 잊지 못하겠어요. 그 다음에 했던 입맞춤도요. 꿈처럼 행복했으니까. 하지만—."

세리스는 술에 취한 목소리로, 멍한 어조로, 더욱 얼굴을 붉히며 미소 지었다.

"그 후에 세계 개변이 일어난 탓에, 무서워요. 그때 룩스가 드러냈던 마음도, 사라져버린 기억과 함께 사라지는 게 아닐까 싶어서……."

"세리스, 선배……."

"그러니 한 번 더 말해주길 바래요. 다시 한번 더, 재현해주길 바래요. 이번에야말로 잊지 않도록, 지금의 제게 말해주길 바래요……. 그렇게, 해줄 수 있나요?"

세리스는 살며시 눈을 돌리고 주뼛주뼛한 태도로 말했다.

그것이 그녀가 가장 간절히 원하는, 마지막 어리광임을 깨달았다.

"—읏."

사실은 왕도에서 개최되었던 사흘간의 퍼레이드에서 그녀와 맺어졌을 터였다.

그 기억이 세계 개변으로 인해 없었던 일이 되어버린 탓에 세리스는 그 기억이 되살아난 뒤에도 줄곧 불안했다.

그녀에게 있어 세상 그 무엇보다 소중한 추억이 불확실해진 것만 같았기에.

그녀의 눈동자가, 목소리가, 애처롭게 떨리는 신체가 그렇게 말하고 있었다.

"세리스, 선배—."

강하고, 고결하고, 진지한. 하지만 서투른 일면도 함께 가진 연상의 소녀.

룩스는 그녀가 그렇게까지 마음을 허락해주었다는 사실이 너무나도 행복했다.

그것만으로 가슴이 벅찼고, 그날 느꼈던 정열이 다시금 세차게 타올랐다.

그 뒤로는 그녀의 몸에 닿는 것을 망설이지 않았다.

"당신을— 좋아합니다. 사랑합니다, 세리스 선배."

그렇게 고백하고 부드럽게 입을 맞추었다.

닿은 부분을 중심으로 달콤하게 녹는 듯한 감촉이 가슴을 가득 채웠다.

단 몇 초. 혹은 1분. 그러나 영겁처럼 느껴지는 시간을 공유한 후, 이번에는 세리스가 다시 입술을 포갰다.

룩스의 입술에 자신의 입술을 겹치고 더욱 깊은 교류를 갈구했다.

세리스의 혀에는 아직 술과 방금 마신 홍차와 케이크 맛이 남아있었다.

"세리스, 선배……."

"……룩스, 더 많이, 키스해주세요. 계속, 참았으니까."

여러 의미로 취한 세리스가 이제까지와는 다르게 적극적으로 룩스를 밀어붙였다.

다시 몇 번씩 키스를 반복하는 사이, 횟수와 시간을 점점 잊었다.

그렇게 두 사람은 동이 틀 때까지 자는 것마저 잊고 긴 밤을 지새웠다.

†

"—폐하."

눈부신 아침 햇빛이 들어오는 방. 잠든 지 얼마 안 된 룩스의 몸을 누군가가 흔들었다.

"폐하— 아니, 룩스 씨. 얼른 일어나세요. 이러다 해가 중천에 뜨겠습니다. 슬슬 인사를 하고 학원으로 돌아가지 않으면 스케줄이 꼬이고 말 거예요."

"으음……."

억양이 거의 없고 담담한— 하지만 귀에 쏙쏙 들어오는 목소리. 게슴츠레 눈을 뜬 룩스의 시야에 들어온 것은 교복 차림의 녹트였다.

이제는 익숙한 도끼눈을 뜨고 침대에 누운 룩스를 내려다보고 있었다.

"헛, 녹트?! 왜 여기 있어?! 그것보다— 우왓?!"

룩스가 상반신을 일으켜 세우고 옆을 보자, 전라의 세리스가 모포를 둘둘 감고 자고 있었다.

시곗바늘은 이미 아침 식사 시간을 가리키고 있었다.

두 사람의 기상이 너무 늦어서 스케줄에 문제가 생길 것 같았기 때문에 호위 겸 수행원인 녹트가 직접 상황을 확인하러 온 모양이었다.

"저, 저기…… 노크라도 좀 하지 그랬어."

"Yes. 열 번은 했습니다만."

무표정 속에서 살짝 기막혀하는 기색이 엿보였다.

"……."

"계속 그런 꼴로 있으면 감기에 걸릴 겁니다. 그건 그렇고 장갑기룡을 움직일 체력은 남아있으십니까?"

"어, 남아…… 있는, 데? 잠도 잤고……."

"정말로요? 괜히 거짓말했다가 도중에 체력이 바닥나도 저는 모릅니다?"

"……아니, 뭐, 힘낼게."

녹트는 평소와 같은 것 같으면서도 미묘하게 다른 것처럼 느껴졌다.

토라진 것인지, 약간 기분이 나쁜 것인지…… 말에서 가시 같은 게 느껴졌다.

"그러면 얼른 세리스 선배를 깨우고 준비하세요. 옷 입는 걸 거들어줄 사람이 필요하다면 제가 도와드리겠습니다만—."

"아니야, 알아서 잘 할게……."

"알겠습니다. 그럼 밖에서 기다리겠습니다."

꾸벅 인사를 하고 녹트는 규칙적인 걸음걸이로 떠났다.

"으음, 룩스…… 좋아해요……."

세리스가 입을 작게 열고 잠꼬대를 했다.

"하아……."

룩스는 난처한 표정으로 한숨을 쉬면서 몸단장을 마치고 세리스를 깨우기로 했다.

†

룩스 일행은 디스트 경과 작별 인사를 나누고 성채 도시의 학원으로 출발했다.

이번에도 시간을 단축하기 위해서 여정의 대부분을 장갑기룡으로 이동하게 되었는데, 그 도중에 《와이번》을 두르고 비행하던 룩스는 갑자기 현기증을 느끼고 휘청거렸다.

"룩스, 괜찮은가요?! 혹시 몸에 무슨 문제라도—."

아침의 소소한 소동 뒤에 상쾌하게 깨어난 세리스는 평소처럼 기운이 넘쳐 보였다.

《린드부름》을 두른 그녀는 깜짝 놀라며 물어보았다.

"아뇨, 그냥 피로가 좀……."

"그래요? 저는 푹 잔 덕분인지 피로가 제법 풀렸습니다만—."

"……."

정작 자신은 세리스 때문에 제대로 못 잤건만. 정말이지 그녀의 체력은 보면 볼수록 놀라웠다.

어쨌거나 룩스는 그녀와 부쩍 가까워진 지금 이 상황에 만족하고 있었다.

"그, 그런데 룩스. 아침에 눈을 뜨니 알몸이던데, 어젯밤에 무슨 일이 있었나요? 아무래도 술 때문에 기억이 중간에 끊기는 바람에……."

옆에서 나란히 비행하던 세리스가 갑자기 작은 목소리로 물어보자 룩스는 말문이 막혔다.

잊어버렸다면 어젯밤에 있었던 일을 룩스가 본인의 입으로 직접 설명해야 한다는 뜻인데, 그러기는 망설여졌다.

"……아, 그게, 신경 안 쓰셔도 돼요!"

얼굴이 붉히며 시선을 피하는 룩스를 보고 세리스는 당황했다.

"잠깐! 제가 무슨 짓을 했나요?! 침묵은 불허합니다!"

"그게, 언젠가는 알려드릴게요. 지금은 좀—."

그렇게 얼버무리고 일상으로 귀환한다.

아니, 앞으로 펼쳐질 일상 속에는 왕비가 된 세리스가 함께할 것이다.

그런 행복을 곱씹으며 룩스 일행은 성채 도시로 귀환했다.

Episode 2 눈의 나라의 밤하늘 밑에서 (크루루시퍼 편)

세리스와 서방령 시찰을 마치고 학원으로 돌아온 뒤로 며칠이 지난 후.

이번에는 동맹국인 유미르 교국으로 출발할 날이 다가왔다.

비록 형식상이긴 하나 룩스가 차기 국왕이 된다는 소식을 전달하고, 양국의 동맹 유지를 당부하기 위해 니아스 교황을 직접 알현하는 게 목적이다.

『인사』라는 단어로 요약할 수 있었지만, 라피 여왕에게서 룩스에게로 권한이 이동한 이상 반드시 해야만 하는 국무였다.

그 여행을 떠나기 며칠 전, 크루루시퍼는 룩스를 불러냈다.

밤의 학원. 램프로 밝혀진 학원 응접실에서 안경을 쓴 푸른 머리카락의 소녀가 선생님처럼 교편을 휘두르며 룩스를 가르치고 있었다.

크루루시퍼의 목적은 두 가지.

유미르 교국의 역사와 현재 상황을 그녀의 양아버지 스테일 에인폴크 백작과 『칠용기성』 메르 기잘트를 통해 얻은 정보와 취합해서 예비지식으로 룩스에게 전달하는 것.

다른 하나는 뒤처진 학원 수업 진도를 따라잡는 것이다.

룩스는 사관후보생이자 차기 국왕이라는 특수한 입장에 있는 까닭에 당연하게도 공무에 쫓기느라 수업을 들을 시간이 없었다.

그러나 졸업하려면 기준 학점을 채워야 하므로, 최상위 성적을 자랑하는 크루루시퍼가 룩스의 강사 역할을 자청했다.

그런 경위로 유미르로 출국할 때까지 며칠간 그녀와 일대일 수업을 하게 되었다.

"—이렇게 되는 거야. 기존 출제경향을 보면 이 부분은 시험에 나올 테니까 잘 기억해둬."

"아, 응……. 고마워. 그건 그렇고, 크루루시퍼 씨……."

"왜 그러니? 궁금한 게 있다면 눈치 보지 말고 물어봐."

"……."

웃으며 대답하는 크루루시퍼를 보고 룩스는 난처한 표정을 지었다.

많았다.

보충수업을 위한 책이 일주일 전보다 훨씬 더 많이, 룩스의 책상에 산더미처럼 쌓여있었다.

비유가 아닌 말 그대로 『산』과 같은 상태로.

"이거, 끝낼 수 있을까?"

"글쎄, 어떠려나? 하지만— 문제없이 졸업하고 싶다면 해둬서 나쁠 건 없겠지."

"……."

크루루시퍼는 그렇게 대답하며 장난스레 웃었다.

그런 대답이 돌아온 이상 적당히 봐달라고 사정할 수도 없었다.

국왕이라는 지위에 오르겠다고 결심한 사람은 룩스다. 사관후보생 생활과 병행하겠다고 선택한 사람도 룩스다.

주어진 사정을 생각하면 휴학, 혹은 중퇴하더라도 문제 될 일은 없을 테지만— 그렇게 하고 싶지 않았다.

자기 자신을 받아들여 주고 수많은 추억을 만들어준 이 학원을 정식으로 졸업하고 싶었다.

이를 다른 말로 표현하면 어리광이라고 할 수 있을지도 모른다.

그래도 확고부동한 룩스의 소원이었다.

"……그런데, 크루루시퍼 씨."

"왜?"

"……아니, 역시 아무것도 아냐."

"그래? 모르는 게 있으면 얼른 물어봐."

사실 룩스가 진짜로 물어보고 싶었던 것은 그런 게 아니었다.

아무래도 세리스와 함께 서방령으로 시찰을 다녀온 뒤로 크루루시퍼의 태도가 이상한 것 같았다.

물론 표면적으로는 아무것도 달라진 게 없었고 평소처럼 굴었지만, 미처 다 숨기지 못한 위압감을 은연중에 드러내고 있었다.

'뭘까. 크루루시퍼 씨한테서 느껴지는 이 감각은…….'

단순히 화가 난 것은 아니다.

궁금한 점을 물어보면 평소처럼 친절하게 가르쳐주었고, 내용도 룩스가 쉽게 이해할 수 있도록 정리해주었다.

그렇게 생각하면 오히려 꽤나 상냥하다고 할 수 있지만—.

아무튼 평소와 다른 것 같았다.

룩스가 제아무리 둔감하다 해도 알아차릴 수 있을 정도로.

"자, 홍차 마셔. 그리고— 유미르 교국에서 체류하는 동안 진행할 스케줄은 다 짜뒀으니 나중에 확인해봐."

"고마워. 덕분에 살았어. 어디 보자—."

크루루시퍼는 갑자기 화제를 바꾸더니 일정표를 내밀었다.

그걸 확인한 룩스는 이번에도 난처한 표정을 지었다.

"있잖아, 크루루시퍼 씨."

"왜 그러니?"

"이 일정은 좀 버겁지 않을까? 예정했던 것보다 체류 기간이 이틀 늘었는데. 이러면 학원에 있을 시간이……."

"맞아. 안 내키면 기존 일정으로 되돌릴까? 물론 룩스 군이 열심히 보충수업을 받는다면 굳이 안 그래도 되겠지만."

어쩐지 의미심장하게 느껴지는 크루루시퍼의 미소에 룩스는 당황했다.

"저기, 혹시…… 화났어?"

"아니?"

룩스가 쓴웃음을 지으면서 질문하자 크루루시퍼는 쿨한 표정으로 즉답했다.

"그럼 역시 원래 예정했던 대로—."

"일단 도전해볼 생각은 없는 거니?"

혹시나 하는 생각에 룩스가 넌지시 운을 떼자 크루루시퍼는 웃으며 즉답했다.

"……열심히 하겠습니다."

그리고 룩스는 수업을 쉰 만큼 보충수업에 몰두했지만—도중에 지쳐서 잠들어버렸고, 그 뒤로는 크루루시퍼도 포기했기 때문에 결국 체류 기간을 늘리지는 못했다.

그리고 마침내 찾아온 출발 당일. 2박 3일의 유미르 교국 여행이 시작되었다.

†

북쪽 대국인 유미르 교국은 춥다.

신왕국의 2월을 생각하고 방한 대책을 세울 경우, 무리하게 이동하면 얼어 죽을 수도 있다.

룩스와 크루루시퍼, 그리고 호위를 맡은 트라이어드 삼인조는 장갑기룡을 두르고 그런 환경을 뚫고 이동했다.

환창기핵(포스 코어)에서 열이 전달되는 덕분에 장의만 입고 있어도 춥지는 않았다. 하지만 몸을 뒤덮은 장갑기룡을 해제하는 순간, 그 즉시 혹한의 세계로 돌아가게 된다.

따라서 전원이 장갑기룡을 두른 채 이동했고, 쉴 때는 바람을 피할 공간을 만든 다음 모닥불을 피워서 감기에 걸릴 일이 없도록 했다.

티르파의 《와이엄》과 녹트의 《드레이크》는 비행이 불가능하기 때문에 필연적으로 설원을 달리는 두 사람의 스피드에 맞춰서 움직였다.

물론 룩스와 크루루시퍼만 전속력으로 움직이면 이동시간을 반으로 단축할 수 있지만, 타국을 방문하는 만큼 역시 호위는 필요하다고 판단했다.

중간중간 휴식을 가지며 이동한 룩스 일행은 오후쯤 유미르 교국의 성도(聖都)에 도착했다.

신전 정문으로 향하자 『칠용기성』 메르 기잘트가 마중 나와 있었다.

"오랜만이야. 마지막으로 본 지 겨우 한 달밖에 안 지났지만— 오빠, 괜찮아? 좀 피곤해 보이는데……."

"응, 난 멀쩡해."

어린 백금발 소녀는 인사도 하는 둥 마는 둥 넘어가고 의아한 표정으로 룩스를 보았다.

그러자 룩스는 아무렇지도 않은 척 웃어 보였다.

"크루루시퍼. 오빠한테 무슨 짓이라도 한 거야?"

"딱히?"

"뭐…… 그래. 몸이 심각하게 안 좋은 것 같진 않으니까. 다들 가자."

목욕재계를 마친 크루루시퍼와 함께 신전 안으로 발을 내디뎠다.

소년 교황 니아스를 알현하고 동맹 내용의 인계를 마쳤다.

그 후에 연회가 열렸지만, 경건한 신도들의 식사는 검소했다.

예의범절은 입국하기 전에 크루루시퍼가 확실하게 가르쳐주었기에 식사예절, 신전 안에서의 행동거지, 기도 등을 큰 어려움 없이 수행했다.

"그럼 룩스 폐하, 이만 실례하겠습니다."

헤어질 때 배웅하러 나온 메르 기잘트가 공손히 인사했다.

남들의 이목이 있을 때는 말과 태도를 제대로 가릴 줄 알았다.

아직 어리지만 귀족 영애로서, 기룡사(드래곤 나이트)로서 꾸준히 발전하고 있었다.

"메르 경도 잘 지내요. 무슨 일 있으면 기탄없이 얘기하세요. 동맹국으로서 반드시 힘이 되어드리겠습니다."

"그 말씀 감사히 받겠습니다, 폐하."

격식을 차린 형식적인 대화였지만, 그와 정반대로 두 사람은 소탈하게 웃고 있었다.

일찍이 메르도 이 나라에서 룩스 덕분에 구원받았다.

앞선 대전에서는 전우로서 어깨를 나란히 하고 싸웠다.

『잘 지내, 오빠.』

메르의 눈동자가 장난스럽게 말했다.

아무래도 조금 전에 크루루시퍼와 어떤 대화를 나눈 것 같은데, 과연 그 내용을 알 수 있는 날이 올까?

성도의 신전에서 해야 할 공무를 마친 룩스는 회담 후에 크루루시퍼의— 에인폴크 가문의 별장으로 이동했다.

크루루시퍼의 양아버지인 스테일을 비롯해서 의붓오빠 자

인과 의붓여동생 등 가족 전원이 모여 있었다.

그중에서도 집사 알테리제가 유달리 반가웠다.

"이날을 얼마나 기다렸는지 모릅니다. 룩스 님— 아니, 국왕 폐하."

"룩스면 돼요. 여긴 공적인 자리가 아니니까."

룩스는 쓴웃음을 지으며 대답했다.

이런 대화를 계속 반복해야 하는 게 현재로서는 가장 불편한 점일지도 모른다.

"그렇다면 귀공도 당당하게 행동하는 게 어떤가? 앞으로는 이곳도 그대의 집이라고 할 수 있으니까."

"그것도 그렇군요. 그럼, 다녀왔습니다."

이제는 자신의 처남이 된 자인의 권유에 따라 룩스는 거실에 들어섰다.

다시 검소한 환영 파티가 열렸다.

†

유미르 교국은 교리를 따라 떠들썩한 분위기를 지양한다.

크루루시퍼는 일찌감치 연회 자리를 떠나 룩스와 함께 눈이 쉼없이 내리는 고요한 밖으로 나갔다.

제4유적(루인) 『갱도(홀)』.

『열쇠 관리자(엑스퍼)』 크루루시퍼의 또 하나의 고향이라 할 수 있는 장소를 찾아갈 계획이었다.

"살짝 고생하게 될지도 모르는데, 따라와 줄 수 있을까?"

유적 진입 허가는 니아스 교황에게 미리 받아두었다. 사유는 내부 시설 확인이었다.

과거의 기술과 유산을 봉인하기 위해서 기능을 정지시킨 유적—.

그러니 이제는 아무도 들어갈 수 없을 테지만, 그럼에도 유산과 기술을 훔치려 드는 족속은 끊이지 않았다.

물론 그에 대비하여 외부를 감시하였으나— 정기적으로 내부를 확인하는 것도 『열쇠 관리자』인 크루루시퍼의 임무였다.

"그건 상관없은데— 괜찮은 거야? 멋대로 나와버려도."

"응. 알테리제랑 가족들에게는 얘기해뒀거든."

웬일로 얌전한 표정의 크루루시퍼를 보고 룩스는 끄덕였다.

호위로서 유미르까지 동행한 트라이어드는 에인폴크가에 남겨두고, 고즈넉한 깊은 밤에 유적으로 출발했다.

현 상황에서— 환신수(어비스)가 출현할 위험은 없을 터다.

도적 기룡사 무리도 지금으로선 눈에 띄지 않았다.

그래도 혹시 모를 상황을 경계하여 장갑기룡을 두르고 유적에 도착했다.

감시병에게 인사를 건네고 지정한 장소에 서자 연한 빛과 함께 내부로 전송됐다.

"오랜만이지 말입니다! 『열쇠 관리자』 님— 아니, 크루루시퍼 님."

"—오랜만이야, 네이. 그동안 별일 없었니?"

기계로 된 강아지 귀를 가진 자동인형(오토마타).

네이 루슈가 반겨주었다.

그녀들은 유적(루인)의 파수꾼으로서 기본적으로 『열쇠 관리자(엑스퍼)』와 『창조주(로드)』가 아닌 대상의 명령을 듣지 않도록 프로그램되어 있다.

또한, 현재 환신수 생산 및 장갑기룡 제작은 하지 않고 있다.

오히려 과거의 유산과 기술을 없애기 위한 작업을 하는 중이었다.

"따분한 게 문제이지 말입니다. 아무도 오지 않으니까요. 하지만— 요청하신 건 전부 준비해뒀답니다!"

"그래, 고마워. 정말 수고 많았어."

"아뇨, 아뇨. 그렇게 대단한 건— 맞긴 하지만요."

네이는 강아지가 떠오르는 몸짓을 하며 머리를 내밀었다.

크루루시퍼는 살짝 웃으며 그런 그녀의 머리를 쓰다듬어주었다.

"여긴— 설마, 유적의 숙소야?"

"응. 네이에게 거주구의 방 하나를 가동해달라고 부탁했어."

안내를 따라 『갱도』 안으로 들어가자 독특한 디자인의 숙박 시설이 있었다.

신기하게도 그 방에는 천장이 없었다.

머리 위에 펼쳐진 자남색 밤하늘에는 휘황찬란한 달이 떠 있었다.

그리고— 그 달빛을 받고 하늘에서 내려오는 눈송이가 반짝거렸다.

환상적이고…… 아름다우며, 무드가 있는 공간이었다.

하지만 춥지는 않았고, 눈도 실내에 떨어지지 않았다.

밤하늘을 스크린에 투영한 듯했지만— 투명한 천장 너머로 실제 풍경이 펼쳐져 있는 듯한 착각을 할 만큼 리얼했다.

은은한 램프로 밝혀진 방은 포근했다.

매끄러운 테이블이나 소파 근처에는 냉장 보존해둔 유리잔도 있었다.

"저번 조사 때 메르와 함께 찾아냈어. 아무래도 숙박 시설인 것 같더라구. 그걸 네이가 복구해서 쓸 수 있게 해준 거야."

다른 유적과 비교했을 때, 『갱도』는 보관고 혹은 대피소의 측면이 강한 것 같았다.

그 시설을 이용할 주민은 없어진 지 오래였으나, 복구해보니 기능 자체는 살아있는 모양이었다.

"오늘은 여기서 묵자. 에인폴크가에는 내일 점심 넘어서 돌아가도 되니까, 부담 갖지 말고 푹 쉬렴."

"……저기, 크루루시퍼 씨."

"반응이 별로네? 이런 방은 안 좋아하니?"

산뜻하게 말하는 크루루시퍼를 보며 룩스는 당황한 표정을 지었다.

"이건, 공사혼동 아냐……?"

"……."

평범한 숙박 시설일지라도 엄연한 유적의 기능이므로 부당 이용에 해당하는 게 아닐까. 룩스는 그런 의문을 제기했다.

하지만 크루루시퍼는 그 질문에 드물게도 어이가 없다는 표정을 지으며 한숨을 푹 쉬었다.

"너도 참…… 그렇게 성실하게 굴면 이제부터 고생하게 될 거야. 뭐, 너다운 반응이긴 하지만……."

"이래도 괜찮은 걸까……."

"우리는 유적 관리 상황을 확인하기 위해 온 거야. 그런데 그 작업 과정이 지연돼서 묵게 된다면 전혀 문제 될 게 없잖아? 네이도 그렇게 생각하지?"

"크루루시퍼 님 말씀이 맞지 말입니다!"

네이는 기계로 된 강아지 귀를 쫑긋 세우며 동의했다.

"어딜 봐도 둘이 미리 말을 맞춘 것 같은데……."

룩스가 작은 목소리로 딴죽을 걸었지만 가볍게 무시당했다.

하지만 실제로 여기서 하룻밤을 묵는다 해도 별다른 문제는 없을 것 같았다.

'그나저나 크루루시퍼 씨는 왜 이런 스케줄을 짠 걸까?'

방에서 휴식하던 룩스는 문득 그런 생각이 들었다.

크루루시퍼는 쉬고 있는 룩스의 옆에서 네이 루슈를 통해 유적에 남은 기록과 정보를 확인했다.

구시대의 생존자는 새로 발견되지 않았고, 침입자가 찾아오지도 않은 듯했다.

앞서 대전을 치르는 과정에서 각국의 기룡사들이 대폭 줄었기 때문에 유적 침입을 꾀할 정도로 큰 집단도 없는 모양이다.

물론 어디까지나 현재로선 그렇다는 얘기이니 계속해서 주의 깊게 관리할 필요는 있지만—.

"룩스 군은 여기서 쉬고 있어. 난 옷 좀 갈아입고 올게."

"아, 응. 그럼 조금만—."

크루루시퍼와 네이가 자리를 비운 사이, 그때까지 남아있던 약간의 긴장이 풀렸다.

그러자 순식간에 밀려든 피로가 룩스를 얕은 수마에 빠뜨렸다.

†

"—룩스 님. 몸은 좀 어떠신가요?"

"으음……. 아니, 이게 다 뭐야?!"

눈을 뜬 룩스는 잠을 청했던 침대에서 코드가 뻗어 나와 자신의 몸에 연결된 모습을 보고 깜짝 놀랐다.

그가 입고 있던 장의는 상반신이 벗겨져 있었지만, 난로 덕분인지 춥지는 않았다.

"평범한 간이 회복 촉진 장치예요. 일반적인 수면보다 몇 배는 빠른 회복을 기대할 수 있어요."

하늘을 올려다보니 아직 밝은 달이 떠 있었다.

그리 오래 잠들어 있었던 건 아닌 듯했다.

"어라? 벌써 깼구나. 아침까지 쭉 자도 괜찮은데."

고요하고 아늑한 공간. 크루루시퍼는 장의가 아니라 짙은

푸른색 드레스를 입고 있었다.

룩스가 잠든 사이에 갈아입은 것이리라.

머리카락을 뒤로 가지런히 묶은 기품 있는 모습으로 미소 짓고 있었다.

"설마, 이걸 위해서 일부러 여기까지—."

근래 들어 피로를 풀 새도 없던 룩스를 위해서 휴식 스케줄을 잡아 준 것일까?

"반은 맞지만— 반은 틀렸어. 이건 진짜 목적이 아니야. 어디까지나 속죄 비슷한 거지."

"속죄……?"

예상치 못한 대답에 룩스는 고개를 갸웃했다.

크루루시퍼는 밤하늘이 펼쳐진 스크린을— 흩날리는 눈송이와 달을 바라보며 말했다.

"응. 이번에 내 개인적인 욕심 때문에 널 자꾸 몰아붙였으니까."

쓸쓸하게 중얼거리는 소녀의 옆모습.

그 모습을 본 룩스는 의아함을 느꼈다.

크루루시퍼는 룩스가 다시 물어보기 전에 말을 이어 나갔다.

그녀는 와인을 마셨는지 뺨이 살짝 달아올라 있었다.

"눈치 못 챘나 보네. 물론 그게 룩스 군 답기는 하지만……. 나는 이 여행에서 너와 함께 긴 시간을 보내고 싶었어. 그래서 보충수업 시간을 길게 잡았던 거야."

스케줄이 빠듯한 와중에 시간을 만드는 가장 쉽고 단순한 방법은 기존 일정을 더욱 타이트하게 조이는 것이다.

"그래서 내가 지쳤다고 생각한 거야?"

"무의식적으로— 아니, 그렇게 표현하는 건 너무 얌체 같은 짓이지. 나는 일부러 그렇게 했어. 모르는 척하면서."

"……."

룩스가 세리스와 함께 서방령에 다녀온 후. 크루루시퍼는 지금까지 뒤처진 공부 진도를 따라잡을 수 있게 도와주겠다며 적극적으로 룩스의 선생역을 자처했다.

그게 힘들었느냐고 묻는다면, 분명 힘들긴 했지만—.

"—그렇지 않아. 애초에 사관후보생과 국왕의 업무를 병행하겠다고 마음먹은 사람은 나고, 크루루시퍼 씨는 내가 그렇게 할 수 있도록 성심성의껏 협력해준 거잖아."

그것은 한 치의 거짓도 없는 룩스의 진심이었다.

단둘만 있는 시간을 갖고 싶어서 몰래 하루 공부량을 조금 늘렸을지라도, 애초에 크루루시퍼 덕분에 공부 시간을 단축할 수 있었던 것이니까.

하지만 크루루시퍼는 난처한 듯 웃었다.

"룩스 군다운 대답이네. 하지만— 나는 네 공부를 도와주며 이런 생각을 했어. 너와 좀 더 긴 시간을 함께 보내고 싶다고. 세리스 선배에게 널 빼앗기고 말았다고. 분명 내심 불안했던 거겠지……."

"……."

"네가 국왕이 되는 것에 관해서는 퍽 냉정하게 제안한 주제에 말이야. 내가 생각해도 참 기가 막힌다니까. 누구보다 냉정하게 행동한 주제에, 누구보다도 질투가 심하다니. 그러니까 이건 자숙하는 뜻이 담긴 보상인 거야."

"크루루시퍼 씨."

룩스가 국왕이 되어 리샤를 왕비로, 나머지 네 소녀를 측실로 맞이하라고 제안한 건 크루루시퍼다.

그러나 룩스를 독점하고 싶다는 마음이 무의식적으로 솟구쳤다고— 그녀는 그렇게 고백했다.

그리고 피로에 허덕이는 룩스를 보고 나서야 자신의 본심을 깨닫고, 정신을 차렸다고.

그래서 지금— 유적 안에서 보내는 시간을 룩스의 휴식 시간으로 쓰는 것이라고.

하지만 룩스는 그렇게 생각하지 않았다.

잠든 사이 덮어준 것으로 보이는 흰색 로브를 걸친 채, 드레스를 입은 크루루시퍼를 마주 보고 앉았다.

그리고 네이에게 잔을 하나 더 가져다 달라고 부탁했다.

"왜 그래? 갑자기."

"나도 유미르 교국의 야경을 즐겨보려고. 남몰래 이런 숙소를 준비할 정도로 기대한 것 같으니까."

"화…… 안 났어?"

크루루시퍼가 슬그머니 시선을 피하며 묻자 룩스는 고개를 저으며 대답했다.

"오히려 고마운걸? 내가 신전에서 실수하지 않고 행동할 수 있었던 건 크루루시퍼 씨 덕분이니까."

룩스는 한 손에 와인잔을 들고 미소 지었다.

"정말, 언제 어느 때건 상냥하구나. 하지만— 그렇기 때문에 불안해."

"응?"

"네가 많은 여자애들의 호감을 사는 게, 오래전부터 계속 무서웠어. 네가 사랑받는 사람이라는 걸 잘 알고 있었으니까."

"오래전이라니, 그러니까—?!"

"하여튼 둔하다니깐. 네가 발제리드에게서 날 구해줬을 때. 『모형 정원(가든)』에서 고독함에 사로잡혀 모든 걸 포기하려던 내게 말을 건네줬을 때. 그때부터 널 좋아하게 됐어."

자신의 마음을 고백한 크루루시퍼는 룩스의 뺨을 조심스레 어루만졌다.

그리고 조용히 입을 맞추었다.

"크루루시퍼, 씨……."

"참 곤란하다니까. 에인폴크 가문에— 이 시대 사람들 사이에 녹아들기 위해서라면, 완벽한 인간을 연기할 수 있으리라 생각했는데 너만 엮이면 전부 엉망이 되고 말아."

크루루시퍼는 자조적으로 웃었다.

애처롭고도 요염한 미소에 룩스의 가슴이 두근, 요동쳤다.

크루루시퍼는 이 『갱도』에서 발견되어 에인폴크 가문의 양녀가 되었지만, 가족과 거리감을 느끼며 성장해왔다.

그것은 타인이 크루루시퍼의 출신을 알거나 악의를 가진 권력자가 이용하는 것을 막기 위한 방책이었지만, 그 사실을 몰랐던 크루루시퍼는 늘 외로움 속에서 살아야 했다.

영특한 소녀는 다른 이에게 다가가는 것에 대한 경계심이 누구보다도 강했다.

그런 그녀가 무의식적으로 룩스를 독점하고 싶다는 마음을 품게 되었다. 이는 평소에는 그 누구보다 냉정한 모습을 보이던 그녀가, 사실은 남몰래 외로움과 싸우고 있었다는 반증이리라.

영리하고 강하고 아름답고 완벽한 그녀 역시 한 명의 소녀였던 것이다.

그런 정열적인 마음을 품은 그녀가—.

룩스를 갈구하는 마음을 죄라고 느끼는 요령 없는 소녀가, 무척 사랑스러웠다.

그래서 마주 본 크루루시퍼의 가녀린 몸을 힘껏 끌어안고 속삭였다.

"나는, 기뻐."

"뭐……?"

"크루루시퍼 씨가 내게 그런 마음을 품어주었다는 게. 그러니까 걱정하지 마."

"—그건, 반칙이야."

크루루시퍼는 환하게 웃는 룩스를 보고 부끄러운 듯 뺨을 붉히며 외면했다.

"그런 말을 들으면 마음이 흔들린단 말이야. 끝도 없이 네게 매달리게 될 거야."

"괜찮아. 적어도 지금은— 우리 둘밖에 없으니까."

"정말이지? 그럼 더는 눈치 보지 않고, 네 곁에 붙어있도록 하겠어."

크루루시퍼는 자리를 옮겨서 룩스 옆에 딱 붙어 앉았다.

그대로 하염없이 눈이 쌓여가는 설경을 올려다보며 살며시 팔과 손가락을 얽었다.

고요한 시간이 잔잔하게 흘러간다.

그러나 부족함이나 불안함을 느끼기는 커녕, 오히려 가득 차오르는 느낌이었다.

"—계속, 여기에 오고 싶었어. 너와 단둘이."

"아하하. 저번에는, 결국 모두와 함께 이 나라에 왔으니까. 물론 그때도 떠들썩해서 좋았지만—."

"그것도 그렇지만, 여긴 내 고향이니까."

"……."

"자기만족일지도 모르지만, 보고하고 싶었어. 지금 시대의 인간을 제대로 사랑할 수 있게 되었다고. 이제는 고독하지 않다고."

"다행이다."

룩스가 부드럽게 웃자 크루루시퍼는 뺨을 더욱 가까이 붙였다.

"—고마워, 룩스 군. 사랑해."

평온한, 하지만 타오르는 듯한 마음이 두 사람을 감싼다.

그리고 다시 정신을 차렸을 때. 천장에 투영된 하늘은 맑게 개어 눈부신 태양이 높게 떠 있었다.

†

"두 사람 다 이번에 수고 많았어."

다음 날 오후.

급히 **유적 조사**를 마치고 에인폴크 가문의 별장으로 돌아와 귀국 준비를 끝내자—『칠용기성』 메르가 일부러 배웅하러 와주었다.

"분위기를 보아하니 잘 화해한 모양이네."

"응— 네 덕분에 말이야."

메르가 지적하자 크루루시퍼가 미소 지으며 룩스와 팔짱을 꼈다.

너 자신도 모르는 새 룩스에게 무리를 강요한 게 아니냐— 그렇게 크루루시퍼에게 충고한 사람은 다름 아닌 메르였다.

"에휴…… 그냥 조용히 있을 걸 그랬나 봐. 눈앞에서 깨가 쏟아지는 모습을 보니 엄청 짜증 나네."

미묘한 표정으로 푸념하는 메르를 보고 룩스는 당황했다.

"저기…… 크루루시퍼 씨, 아직 공무가 다 끝난 건 아니니까—."

"어머, 뭐 어떠니? 우리는 정식으로 약혼한 사이야. 전혀 문제 될 게 없지."

"……."

룩스는 장난스럽게 팔짱을 끼는 소녀를 보며 쓴웃음을 지었다.

그야말로 크루루시퍼다운 반응이었다.

오랜만에 예전의 그녀로 돌아온 듯한 기분이 들었다.

"그럼 이만 돌아갈까? 신왕국으로."

"응."

"아가씨를 잘 부탁합니다, 룩스 님."

집사 알테리제를 비롯한 에인폴크 가문 사람들과 작별 인사를 나눈 후, 룩스 일행은 기룡을 두르고 출국했다.

교국을 벗어나자마자 호위로서 동생하던 트라이어드는 녹초가 된 표정을 했다.

"뭐야— 다들 이상하게 피곤해 보이네. 어젯밤에 푹 쉬었던 거 아냐?"

유적에서 자고 올 예정이라고 미리 얘기해두었고, 세 사람은 에인폴크가에서 마련해준 별채에서 묵었으니 정신적으로 피곤할 일도 없었으리라 생각했지만—.

"우리도 그럴 줄 알았다구. 너희 가족들은 언뜻 보기에는 쿨하고 드라이한 사람들 같으니까— 근데 오산이었지 뭐야."

《와이엄》으로 설원을 활주하는 티르파가 긴 한숨을 토해내며 푸념했다.

룩스와 크루루시퍼 옆에서 비행하던 샤리스도 티르파 뒤를 따라 고개를 푹 숙였다.

"두 사람이 자리를 비운 동안 2차 연회에 불려갔어. 다섯 약혼자 중에서 크루루시퍼 아가씨의 위치는 어느 정도인지, 두 사람의 평판은 어떤지 끝도 없이 캐묻더라고."

"Yes. 힘겨운 시간이었습니다. 여러 의미로."

"……."

그 녹트마저 원망 섞인 도끼눈으로 노려보는 걸 보고 상황을 파악했다.

아무래도 룩스와 크루루시퍼는 생각한 것 이상으로 축복받고 있는 모양이었다.

"―가족들에게 미안한 짓을 했네. 얘기도 많이 못하고 왔는데."

그들은 바쁜 룩스와 크루루시퍼를 굳이 붙잡아둬서 폐를 끼치고 싶지 않았을 것이다.

그렇다고 신경 쓰이지 않는 것은 아니었기 때문에 트라이어드를 대화 상대로 삼았다.

결국 에인폴크 가문 사람들은 언뜻 보기에는 데면데면한 사이인 것 같지만, 사실은 진심으로 크루루시퍼를 걱정하고 있었던 것이다.

"참 곤란한 사람들이라니까."

크루루시퍼는 드물게도 활짝 미소 지었다.

"모르는 사이에 닮게 되나 봐. 피가 이어지지 않은 가족이라고 해도."

"그러게."

사실은 깊이 사랑하는 주제에, 겉으로는 무뚝뚝한 척하며 상대가 못 알아채게끔 행동하는 점은 크루루시퍼와 무척 닮았다.

유적에서 발견된 구시대의 소녀는 이 시대에서 진정한 가족을 얻었다.

"다음에는 일정을 제대로 짜서 우리 가족과 함께 보내자."

"응. 다음에는 편하게 행동할 수 있게 나도 노력할게."

"—고마워. 너와 함께 이곳에 돌아올 수 있어서 정말 다행이야."

룩스와 나란히 비행하던 크루루시퍼는 《파프니르》의 장갑 팔을 룩스를 향해 천천히 내밀었다. 룩스도 그녀를 따라 《와이번》의 장갑 팔을 뻗어 기룡의 손바닥을 가볍게 맞대고 미소 지었다.

"둘만의 세상에 빠져서 우리는 안중에도 없는 모양이로군."

"맞아, 맞아……. 일부러 유미르 교국까지 호위하러 따라온 우리가 대체 뭐가 되냐구……. 결국 변변한 호위조차 못했고."

"Yes. 다음부터는 두 사람에게 귀찮은 일을 떠맡기겠습니다."

"잠깐……?!"

마주 보고 웃는 룩스와 크루루시퍼에게 눈총을 보내며 트라이어드가 한마디씩 원망을 쏟아냈다.

크루루시퍼는 세 사람의 마음을 풀어주려고 허둥대는 룩스를 즐겁게 바라보면서 창공을 날았다.

이 시대에는 없으리라 생각했던 크루루시퍼의 안식처.

그것이 있다는 것을, 만들 수 있다는 것을, 룩스는 항상 깨닫게 해주었다.

"있잖아, 룩스 군."

"잠깐, 크루루시퍼 씨도 좀 도와줘. 모두의 기분을 풀어줘야—."

"—사랑해. 정말 좋아해."

"……."

뺨을 빨갛게 물들이고 친애를 한가득 담은 표정으로 미소 짓는 크루루시퍼를 보고 룩스도 굳어버렸다.

평소에는 쿨한 소녀인 만큼 그 모습은 더욱 강렬하게 가슴에 박혔다.

잠깐의 정적 후, 그 모습을 본 트라이어드가 거리를 벌리고 자기들끼리 속닥대기 시작했다.

"있잖아, 다들— 일단 내 호위를 해줬으면 하는데……."

한나절은 걸리는 신왕국으로 돌아가는 여정조차 즐거울 것 같은 예감이 들었다.

Episode 3 소꿉친구와의 관계 (피르히 편)

유미르 교국에서 귀국한 후.

룩스는 성채 도시에서 다시— 학생 생활에 힘쓰는 동시에 차기 국왕으로서 공무를 수행했다.

먼 곳도 장갑기룡으로 날아가면 어느 곳이든 하루 안에 이동할 수 있지만— 최근에는 체력을 아끼기 위해 트라이어드가 옮겨주는 경우도 늘었다.

그리고 오늘 밤에는 아인그람 상회에서 개최하는 약혼 발표회에 참석해야 하기 때문에 왕도에 가야 한다.

피르히와의 결혼식은 일단 2학년으로 진급한 뒤에 올리기로 했지만— 그 전에 렐리가 개인적으로 룩스를 초청했다.

신왕국의 온갖 물자를 유통하는 상회와 교류하는 것은 대단히 중요한 일이다.

그리고 피르히의 언니이자 아인그람 상회의 총수인 렐리는 온갖 부자, 거상들과 친분이 있어서 그들을 한자리에 모을 수 있다.

렐리는 새로운 국왕이 된 룩스의 이름을 널리 알릴 겸 피르히와의 약혼 소식을 대대적으로 선전하고 싶은 모양이었다.

그리하여 왕도에서 야간 파티가 개최되었다.

새로 오픈한 고급 여관의 홀에서— 신왕국과 세계 각국의 부자들이 한자리에 모인 연회가 시작되었다.

"신왕국의 영웅이자 최초의 남성 국왕 폐하께 인사를……!"

"약혼을 진심으로 축하드립니다. 저희 상회에서는—."

일찌감치 룩스 앞에 대기열이 생겨날 기세로 거상들이 인사하기 위해 몰려들었다.

룩스는 쩔쩔매면서도 한 사람씩 차근차근 응대했다.

'뭐…… 필요한 일이라는 건 알지만, 정신적으로 지치네…….'

국가를 운영함에 있어 상회와의 긴밀한 협력관계는 필수 불가결한 요소다.

물자 확보, 고용 정세, 물가 변동.

그 역학관계는 어느 한쪽으로 치우치면 안 되지만— 실제로는 균형이 유지되는 경우가 드물다.

그럴 수밖에 없는 게, 그들은 어쭙잖은 귀족들보다 뛰어난 수완가이기 때문이다.

굳이 말할 것도 없이 상황을 파악할 머리가 안 돌아가면 부자가 될 수 없으며, 그 자산을 유지할 수도, 늘릴 수도 없다.

따라서 그 분야에서 뛰어난 지식을 가진 사람과 교섭하기란 결코 쉬운 일이 아니다.

이제 막 상업이란 분야에서 걸음마를 뗀 룩스를 갖가지 수단으로 속이는 것쯤은 식은 죽 먹기나 다름없다.

자기도 모르는 새 그들에게 매우 유리한 계약을 맺는, 그런 상황이 만들어질지도 모른다.

물론— 렐리의 조언을 받아 대책을 강구하겠지만, 사소한 말실수라도 하는 순간 잡아먹힐 것 같았다.

그리고 그런 유능한 상인들 외에도 골치 아픈 고민거리가 하나 더 있었다.

다름 아닌 기득권을 휘둘러서 한몫 벌려는 무리들이다. 그들은 권력에 빌붙어서 법률로『이기는 시스템』을 구축하는 것에 전력을 다하고 있다.

그 방식이 너무나도 악질적인 경우, 국왕인 룩스는 그들을 회유하는 척하며 그들이 가진 기득권을 파괴해야만 한다.

그러나 그것은 사실상 불가능하다.

섣불리 건드리면 상대방에게 정당성이 있기 때문에 무너뜨리기 힘들다.

그러므로 기득권을 더욱 강화하는 법안을 통과시키기 위해 접근하는 무리들을 피해야만 한다. 강하게 부정하고 거부하면 사이가 틀어질 것이고, 그로 인해 향후 정책을 시행함에 있어 문제가 생길 것이다.

이러한 밸런스를 유지하기가 쉽지 않았기 때문에 중간중간 렐리가 이유를 만들어서 사이에 끼어들었다.

물론 렐리도 재벌가 당주이지만— 룩스가 국왕으로서 품은 생각을 최대한 존중해주었다.

'믿어도 되는 거…… 맞죠……?'

"어머나, 그 건은 우리 아인그람 상회가 맡도록 하죠. 네,

제 동생이 곧 있으면 시집을—."

척척 교섭하는 렐리의 미소를 보고 있으려니 약간 불안해지는 건 어쩔 수 없었다.

신왕국은 원래부터 아인그람 상회와의 연결고리가 강했지만, 피르히를 아내로 맞이하게 된 덕분에 힘의 균형은 더욱 기울게 될 것 같았다.

쉽게 말하자면 아인그람 가문의 산하에 들어가서 달콤한 꿀을 빨아먹으려고 하는 이들이 나온다는 뜻이다.

'그래도 어떻게 보면— 이게 더 나은 것 같기도 해.'

우선 상인들은 왕국 어용 상회인 아인그람 재벌의 당주 렐리에게 인사하러 올 것이다.

그러면 렐리를 통해서 간접적으로 그들의 의지나 동향을 대강 파악할 수 있을 것이다.

문제는 렐리의 의향에 달려있다고 할 수 있다.

렐리의 가장 큰 행복은 동생 피르히의 행복.

다시 말해 피르히와의 관계가 잘 유지되는 한, 렐리가 비협조적으로 나올 일은 없을 것이다.

그런 와중에 연회장 한복판에서 순백의 드레스를 입은 소녀를 발견했다.

연분홍색 머리카락을 포니테일로 묶은 소녀는 멀리서 봐도 눈에 띄게 아름다웠다.

"……아, 루우다."

"고생했어, 피이."

렐리와 룩스가 워낙 바쁜 탓에 처음에는 연회장의 상징물처럼 가만히 서있었다.

호화로운 파티 요리를 쉬지 않고 묵묵히 먹는 모습이 너무나도 피르히다워서 웃음이 나왔다.

다른 상인이나 귀족들 사이에서도 그녀는 여전히 마이페이스였으며, 약혼을 축하하는 말을 들어도 『감사, 합니다』 정도로만 대답했다.

미래의 왕비 중 한 명의 환심을 사려는 속셈으로 접근하는 상인들이 말을 붙일 빈틈조차 없었다.

하지만 그런 피르히도 룩스에게만은 다른 반응을 보였다.

평소와 다름없는 무표정 속에는 희미한 미소가 떠올라 있었다.

"같이, 밥 먹자. 루우 몫도, 제대로 담아뒀으니까. 밥을 거르면, 기운이 안 나."

"아하하……. 고마워, 피이."

요리를 한가득 담은 커다란 접시를 한 손에 들고 말하는 피르히를 보고 룩스는 어깨에서 힘이 빠졌다.

국왕으로서 책무를 수행해야 하는 자리에서도, 그녀가 곁에 있어주는 것만으로 언제든 평소의 룩스로 돌아갈 수 있었다.

그리고— 소녀는 아름다웠다.

머지않은 미래에 올릴 결혼식을 의식한 것일까. 레이스로 치장된 순백색 드레스를 입고 베일을 쓴 모습은 피르히의 투명한 느낌의 아름다움을 돋보이게 해주었다.

소꿉친구에게 느끼는 정겨움만이 아니라 마음을 들뜨게 하는 충동이 샘솟았다.

"룩스 폐하. 저희 상회의 사업 아이템에 대해서—."

"수입품 관세에 관해 드릴 말씀이……."

하지만 룩스는 다시 손님들에게 에워싸여 정신없는 시간을 보내야 했다.

그래도 틈을 봐서 피르히와 잠시 얘기를 나눈 것만으로도 충분히 기력을 되찾았다.

†

아인그람 재벌쯤 되면 거래 상대와 관계자도 매우 다양한 모양이었다.

새로운 손님이 끊임없이 찾아와 룩스에게 다가왔다.

렐리는 애초에 상인이니만큼 익숙하게 응대했지만, 룩스는 상업에 대해서는 문외한인 탓에 피로가 계속 쌓였다.

그런 와중에 와인을 마시고 얼굴이 빨개진 피르히가 룩스에게 비틀비틀 다가왔다.

"루우. 왠지, 어지럽고 졸려."

"피이, 괜찮아?! ……저기, 죄송하지만 그녀의 몸 상태가 안 좋은 것 같으니 잠시 자리를 비우겠습니다."

—그렇게 주위에 몰려든 상인들을 뿌리치고 피르히를 휴게실로 옮기려고 했다.

룩스도 피곤했지만, 피르히를 부축하고 연회장 밖으로 나와 호화로운 복도에서 주위를 둘러보았다.

"어디 보자, 분명 비어있는 휴게실이—."

"딱히, 찾지 않아도 괜찮아. 길이라면 알고 있으니까."

룩스가 안내인을 찾으려고 주위를 둘러본 직후— 지금까지 힘이 없던 피르히가 허리를 곧게 펴더니 룩스를 번쩍 들어 올렸다.

"그게 무슨…… 우왓?!"

피르히는 갑자기 일어난 일에 당황한 룩스를 품에 안은 채 오너 전용실로 들어갔다.

그리고 호화로운 드레스를 훌훌 벗어던지고 속옷 차림이 되더니, 다른 옷으로 갈아입기 시작했다.

아무래도 피르히는 컨디션이 나빠진 것도 취한 것도 아니라, 그저 룩스를 연회장에서 데리고 나오기 위해 연기를 한 모양이었다.

"잠깐?! 속옷 다 보이잖아! 왜 갑자기 갈아입는 거야!"

"루우 옷도, 준비해뒀어. 같이 밖으로 나가자?"

피르히는 룩스에게도 예복과 코트를 던져서 건네주었다.

"뭐……? 지금?"

"응. 일은 이제 끝이야."

눈 깜빡할 사이에 평범한 마을 처녀로 변신한 피르히와 함께 고급 여관을 빠져나갔다.

그리고 룩스는 그녀의 손길을 따라 왕도의 밤거리로 나섰다.

†

밤의 시가지는 밝았다.

라피 여왕이 병사한 사실이 발표된 뒤로 몇 주가 지났고—사람들은 차츰 예전의 활기를 되찾아가고 있었다.

리샤가 룩스를 새로운 국왕으로 추대하고 여왕의 의지를 잇겠다고 선언한 덕분이다.

물론 병사는 어디까지나 대외적인 사유였으며, 『성식』과 융합되었다는 진실은 어둠 속에 묻어두었다. 그 처참한 사실을 굳이 백성들에게 알려서 불안을 부추길 필요는 없었다.

그 덕분에 사람들은 평화로워 보였다.

그러나 룩스는 평화를 유지하는 게 얼마나 어려운 일인지 똑똑히 알고 있었다.

그래도— 이 야경은 각별하게 다가왔다.

"저기, 피이. 무슨 일 있었어? 컨디션이 안 좋은 줄 알았는데……."

"아까 그 홀에서, 누군가가 루우를 노리는 것 같았어."

"……뭐?!"

룩스는 피르히의 발언을 듣고 깜짝 놀랐다.

《드레이크》의 레이더로 연회를 개최한 여관 일대를 철저히 감시했고, 추가로 트라이어드도 호위를 맡고 있었는데— 누군가 그 경비망을 뚫었다는 뜻일까?

"그치만, 기분 탓이었나 봐. 아마도……."

지금의 룩스는 세상을 멸망의 위기에서 구한 영웅인 동시에— 구시대의 유산이 잠든 『대성역(아발론)』의 비밀에 가장 가까이 다가간 사람이기도 하다.

대외적으로 『대성역』은 파괴되어 흔적도 없이 사라진 것으로 처리됐지만— 사실은 어딘가에 숨겨두었을 것이라 의심하고 룩스를 노리는 도적들도 앞으로 끊이지 않으리라.

그러니 역시 평화가 찾아오더라도 계속 경계할 필요가 있었다.

그리고 피르히는 환신수의 영향에서 완전히 벗어났지만, 타고난 육감과 마기알카에게 전수받은 기술은 여전히 건재했다.

그런 피르히가 하는 말이었으니 모종의 위기가 지척까지 다가왔을 가능성이 있었으나— 사실 룩스에게는 짐작가는 바가 있었다.

그러므로 딱히 걱정할 필요는 없었다.

"자. 루우, 이걸로 숨겨."

피르히는 걸음을 옮기며 룩스에게 모자와 머플러를 건네주었다.

눈에 띄는 은발을 최대한 숨기려는 것이리라.

"저기, 정말 갈 거야?"

"나중에, 언니의 여관으로 돌아갈 거니까. 그때까지 놀자."

"이렇게 빠져나와도 괜찮으려나……."

일단은 룩스와 피르히의 약혼 축하 파티인데.

물론 순수한 축복보다는 사업에 관련된 이야기가 압도적으로 많긴 했지만.

"너무 진지하게 상대하지 않아도 돼. 피곤하니까."

"이 정도는 괜찮아. 렐리 씨한테 적절하게 접대하는 법도 배웠는걸."

룩스는 쓴웃음을 지으며 강한 척했지만, 피르히는 맑은 눈동자로 룩스의 눈을 빤히 바라보며 이렇게 말했다.

"역시 무리하고 있어. 거짓말하면, 못 써."

어떻게 알아차린 걸까.

룩스는 내심 당황했다.

아니— 진심으로 자신이 잘 대처하고 있다고 생각했다.

그런데 피르히가 아니라고 하자 역시 무리한 것 같다는 느낌도 들었다.

그녀는 이따금 이렇게 강한 설득력을 발휘하는 말을 하곤 했다.

"그리고, 이것도 임금님이 해야 할 일이야."

"뭐?"

"거리에서, 평범한 사람들처럼 물건을 사보는 거."

"아하하……."

일단은 그럴싸한 변명을 준비해둔 피르히가 조금 재미있었다.

이것도 그녀다운 성장일지도 모른다.

소녀의 손이 살며시 룩스의 손과 겹쳐졌다.

어렸을 때부터 이렇게 손을 잡은 게 몇 번이나 될까.

이 손에서 느껴지는 따스함에, 정겨운 감각에, 안도의 한숨이 흘러나왔다.

"알았어. 가자, 피이."

룩스의 얼굴에 저절로 웃음꽃이 피어났다.

†

룩스는 눈이 내리는 왕도의 밤거리를 피르히와 나란히 걸었다.

"추우니까, 좀 더 붙어서 걷자."

"응…… 그럴까?"

어깨를 밀착하자 소녀의 몸에서 온기가 전달됐다. 맞잡은 손에서 느껴지는 감촉이 기분 좋았다.

조금 전까지 그토록 긴장됐던 몸과 마음이 사르르 풀어지는 느낌이 들었다.

거리에서 온갖 물건을 구경하고, 술집에서 아까는 마시지 못한 술을 마시고.

두 사람은 그렇게 발길이 닿는 대로 돌아다녔다.

사복을 고를 때는 아인그람 상회 산하의 옷가게를 찾아갔는데, 몰래 빠져나왔다고 얘기하자 점원은 순식간에 상황을 이해했다.

아무래도 렐리가 여동생을 끔찍히 아낀다는 사실은 상회 내에 두루 알려진 사실인 듯했다.

사흘간의 퍼레이드가 반복되는 동안, 피르히는 심장에 뿌리내린 환신수의 영향으로 몸져누워 있었다.

그럼에도 룩스에게 걱정을 끼치지 않으려고 자신의 마음을 전하지 않았다.

그러면 룩스는 분명 피르히에게 빚을 졌다고 생각할 테니까.

그녀는 그렇게 말하고 룩스의 행복만을 생각하려고 했다.

"그런데, 루우는 괜찮아?"

어느덧 돌아가야 할 시간이 되었다.

술집 말고는 거의 모든 가게가 문을 닫아 밤의 세계에 남겨지는 순간.

피르히가 렐리의 고급 여관으로 돌아가는 길에 불쑥 물어보았다.

"……응?"

룩스는 질문의 의미를 이해하지 못해서 의아한 표정으로 고개를 갸웃했다.

그러자 전혀 예상치 못한 한마디가 돌아왔다.

"나랑, 결혼하기로 한 거."

"—아."

소꿉친구는 평소와 다름없는 어조와 표정으로 말했다.

크루루시퍼가 다섯 명을 동시에 아내로 맞이하라고 제안했을 때, 피르히는 긍정도 부정도 하지 않았다.

그저 그렇게 하는 게 당연하다는 반응을 보였을 따름이다.

룩스도 구태여 그녀의 의지를 확인하지는 않았다.

그런데 그때는 부정하지 않았던 피르히가, 왜 이제 와서 그런 걸 물어보는 것일까?

"피이는—."

“……”

룩스는 물어보려다가 중간에 입을 다물었다.

자신을 바라보는 그녀의 부드러운 시선 앞에서 마음이 떨렸다.

잠시 후, 룩스는 간신히 피르히의 질문에 담긴 의도를 파악했다.

그녀는 늘 이렇게 말했다.

나라는 존재에게 속박될 필요는 없다고.

어렸을 적 일 때문에 더 이상 미안해하지 않아도 괜찮다고.

피르히가 룩스를 구원해준 것에, 룩스가 피르히를 구하지 못한 것에 죄책감을 느끼지 않아도 괜찮다고.

눈치 보지 말고 룩스 자신의 행복을 찾으라고, 진심으로 그렇게 생각해주었다.

사흘간의 퍼레이드에서 그 사실을 알게 된 룩스는 더더욱 피르히를 내버려 둘 수 없었다.

그때 깨달았다.

자신은 피르히를 사랑한다고.

다만 룩스 또한— 그녀를 자신에게 묶어두는 게 무서워서, 평생 자신의 안식처가 되어준 상징이 사라지는 게 무서워서 그 마음을 밝히지 못했을 뿐이다.

그러나 피르히의 생명을 좀먹던 환신수의 씨앗은 『세례』의 힘으로 사라졌다.

이제 그녀의 목숨을 위협하는 요소는 없다.

그러니 이제 룩스의 마음을 부채감으로 묶어두고 싶지 않다고, 그녀는 그렇게 말한 것이었다.

"피이는—."

『나랑 결혼하는 게 싫어?』

그렇게 말하려던 룩스는 도중에 말을 바꾸었다.

그의 입에서 나온 말이 밤의 허공을 흘렀다.

"어째서 날, 그렇게 신경 써준 거야?"

"……."

피르히는 멍한 눈으로 룩스를 바라보았다.

어떤 대답이 돌아올지는, 물어보기 전에 반쯤 짐작하고 있었다.

두 사람이 어렸을 때. 룩스는 자신의 형제 때문에 곤경에 처한 피르히를 감싸주었다.

피르히는 그때 룩스의 상냥함을 꿰뚫어보고 그를 전폭적으로 신뢰하게 되었다.

구 황족의 막내이자 친구가 없었던 룩스 곁에 있어주었다.

어머니를 사고로 잃은 뒤에는 룩스를 자주 찾아와 주었다.

피르히는 한결같이 상냥했고, 룩스는 그런 그녀에게 계속 구원받았다.

고독했던 룩스는 그 마음을 버팀목삼아 살아온거나 다름없었다.

"어째서 내게, 그렇게 상냥하게 대해주는 거야?"

어떤 면에서는 신기했다.

하지만 그녀가 그저 『당연하게』 그러는 것임을 알았기 때문에— 그동안 물어보지도, 깊이 생각해보지도 않았던 것을, 룩스는 지금 이 순간 물어보고 싶었다.

"모르겠어. 딱히, 이유 같은 건 없지만."

피르히는 뜻밖에도 진지한 표정으로 바로 대답했다.

"아마도, 내가 그렇게 하고 싶었기 때문일 거야."

그리고 미소 지었다.

룩스를 동정했기 때문이 아니라, 그녀 자신의 박애적인 자상함에서 비롯된 것이 아니라—.

그저 곁에 있고 싶었기에, 그렇게 했을 뿐이다.

그것이 어떠한 거짓도 없는 그녀의 진심이었다.

'아아—.'

그 대답을 듣고 룩스는 비로소 납득할 수 있었다.

이유가 없다고 생각하며 불안해하던 게 잘못이었다.

그저 눈에 보이지 않았을 뿐, 이유는 처음부터 분명히 존재했으니까.

"……응. 나도, 그렇게 하고 싶어. 피이가 앞으로도 쭈욱, 내 곁에 있으면 좋겠어."

"똑같네, 우리."

두 사람의 거리가 더욱 가까워진다.

인기척이 사라진 왕도의 밤거리에서, 모습을 숨긴 두 사람의 시간이 멈춘다.

이유 같은 건 필요 없다.

이유를 찾으려 했던 건 서로 특수한 성장과정을 거친 탓이다.

그리고— 사정이 복잡하게 얽히는 사이에 우연히 곁에 있게 되었으리라 지레짐작하고 혼자 의구심을 품었을 뿐이다.

사실은 룩스가 훨씬 오래전부터 그녀를 좋아했듯이, 그녀 역시 룩스를 좋아했건만.

†

가게에서 산 물건을 들고 여관으로 돌아오니 연회는 이미 끝난 뒤였다.

하지만 룩스와 피르히가 단둘이 데이트를 즐기러 나간 사실을 알고 있던 렐리는 무척 기분이 좋아 보였다.

참고로 호위를 맡았던 트라이어드 삼인조는 호위 대상이 도망치는 바람에 한가했다며 원망스런 눈초리로 노려보았다.

다만— 룩스는 신변에 문제될 일은 없었을 거라고 생각했다.

변장 덕분……이 아니라, 연회 도중에 피르히가 어떤 기척을 느꼈다는 이야기를 듣고 나중에 문득 떠오른 바가 있었다.

룩스의 추측이 맞다면— 분명 그녀일 것이다.

"어머머? 이쪽 연회보다 훨씬 즐거웠나 보구나, 피이. 룩스 군을 잘 에스코트해줬니?"

렐리는 두 사람이 돌아오기를 계속 기다린 것 같았다.

몸도 제대로 못 가눌 만큼 거나하게 취한 모습이었다.

"언니. 너무 많이 마셨어."

"뭐 어때~. 우리 피이가 룩스 군이랑 맺어진다는 걸 정식으로 발표한 날인데. 이렇게 경사스러운 날이 얼마나 있겠니. 본무대인 결혼식도 여러모로 생각하고 있단다~."

"아하하하……."

이벤트를 좋아하는 렐리가 그렇게 말하자 왠지 터무니없는 짓을 할 것 같아서 약간 불안했다.

그래도 피르히와 함께라면 분명 즐거울 것이다.

"그리고 목욕탕도 임시로 열어두었어. 아까 트라이어드가 먼저 들어갔다 나왔는데, 지금은 아무도 없어."

"알겠습니다. 잘 쓸게요."

이러니저러니 해도 바깥은 추웠다.

그나저나 온천이 샘솟는 위치에 여관을 만들었다니, 꽤 기대됐다.

룩스와 피르히는 술기운에 곯아떨어진 렐리를 두고 1층에 자리 잡은 대욕탕으로 향했다.

"피이 먼저 들어가. 나는 나중에 들어가도 괜찮으니까—."

"……? 어째서?"

룩스는 피르히를 배려해서 그렇게 말했지만, 그녀는 평소처럼 멍한 표정과 어조로 되물었다.

"아니, 둘이 같이 들어갈 순 없잖아."

"목욕탕, 넓은데?"

"뭐……?!"

"우리, 약혼자…… 된 거지?"

피르히의 순진무구한 시선이 룩스에게 꽂혔다.

룩스는 아무런 대꾸도 못하고 굳어버렸다.

약혼했고, 서로의 마음을 확인했고, 심지어 단둘만 쓰는 거라면— 거절할 이유는 아무것도 없다.

굳이 꼽자면 자극이 너무 강하고 창피하다는 정도일까.

“어, 그, 그럼, 같이 들어갈까……?”

룩스는 괜히 힘이 들어간 목소리로 말했다.

이제는 피르히를 평범한 소꿉친구가 아니라 연인으로, 약혼자로 인정했다는 의지를 확실하게 보여주고 싶었다.

“—아, 이 목욕탕, 조명을 약하게 줄이고 어둡게 해서 들어갈 수도 있대.”

“그, 그렇구나. 그럼 괜찮으려나…….”

룩스는 내심 안도했다.

피르히보다 먼저 탈의실에 들어가 옷을 벗고 욕탕에 들어서자 확실히 주위가 어둑했다.

손이 닿는 범위만 보이는 정도였다.

연한 오렌지색 등불이 밝혀진 드넓은 욕탕에는 평온한 분위기가 감돌았다.

‘침착하게 행동하자. 지금 나와 피이는 이래도 이상하지 않은 관계이니까…….’

자기 자신에게 그런 말을 하는 것 자체가 정신적으로 초조하다는 증거였지만— 깊이 생각하지 않기로 했다.

어떻게 보면 지금까지 정체되어 있던 관계가 진행된 것이니 동요하지 않는 게 오히려 이상하겠지만.

드르륵—.

룩스가 샤워장에서 몸을 간단히 씻는 사이에 피르히가 들어왔다.

주변이 어두우니 안 보일 거라고 안심하고 있던 룩스는— 어둠 속에서 은은하게 드러나는 실루엣에 심장이 덜컥 뛰었다.

여성스러움을 상징하는 부드러운 곡선.

그러면서도 무술을 익힌 덕분인지 군살이 보이지 않는 신체.

얇은 수건 한 장으로 가린 풍만한 가슴이 의지와는 무관하게 신경 쓰였다.

예전에도 한 번— 렐리의 농간으로 함께 목욕한 적이 있지만, 그때보다 매력이 훨씬 늘어났다.

그리고 우연한 사고였던 그때와는 다르게 지금은 서로 같은 마음으로 이 시간을 공유하고 있었다.

그렇게 생각하자 아직 욕조에 들어가지도 않은 룩스의 머리에 급격하게 피가 쏠렸다.

“역시 넓네, 목욕탕.”

“그러, 게…….”

피르히에게서 시선을 돌리며 룩스가 어색하게 대답했다.

피르히는 샤워장에서 따뜻한 물을 천천히 끼얹은 다음, 앉아서 몸을 씻기 시작했다.

‘하아, 위험했어……!’

연인이 된 후에 의식하면 이토록 다르단 말인가.

룩스는 심호흡을 하며 일단 욕조에 몸을 담갔다.

온천수가 욕조로 흘러들어가는 소리.

어슴푸레한 온천을 밝혀주는 은은한 불빛은 피르히를 더욱 거룩하고 아름다워 보이게 해주었다.

"루우는, 안 씻을 거야?"

"응, 아니……, 조금만 더 있다가—."

룩스는 그렇게 대답하며 깊이 몸을 담근 채 눈을 감고 몸에서 힘을 뺐다.

피르히가 샤워장에서 나온 것을 확인한 다음, 룩스도 몸을 씻어내려고 탕 밖으로 나왔다.

'그래도— 뭐랄까, 추억이 새록새록 떠오르네.'

어렸을 때는 렐리의 집에서 함께 목욕했던 적도 있었다.

그때는 집안이나 지위 같은 건 신경 쓰지 않고 즐거운 시간을 보냈다.

"루우. 등, 닦아줄게."

"응. 고마워."

앞쪽을 씻으면서 룩스는 반사적으로 대답했다.

'그래, 맞아. 분명 이런 대화가 예전에도…… 헉?!'

인기척을 내지 않고 다가온 피르히가 룩스의 등에 수건을 댔다.

물론— 알몸을 드러낸 채로.

그나마 가슴은 가리고 있었지만, 미처 숨기지 못한 볼륨감이 그대로 드러났다.

"잠깐, 피이?!"

"……? 왜?"

"아, 아무것도 아냐!"

룩스는 무심코 뒤를 돌아보았다가 화들짝 놀라며 맨살을 보지 않도록 황급히 고개를 앞으로 되돌렸다.

욕탕의 열기 때문에 뺨이 아련한 주홍빛으로 달아오른 피르히가 고개를 갸우뚱했다.

'위험해……! 아무리 어둡다고 해도, 이렇게 가까이 다가오면 보인다고……!'

게다가 룩스의 눈이 어둠에 익숙해진 바람에 거의 평소와 다름없을 정도로 잘 보였다.

피부를 문지르는 감각. 그리고 고작 수건 한 장으로 가려진 피르히의 부푼 가슴이 때때로 등에 닿는 것을 느끼고, 룩스의 머리는 순식간에 익어버렸다.

"이러고 있으니…… 옛날 일이 떠오르네."

피르히가 은은한 기쁨이 묻어나는 목소리로 천천히 중얼거렸다.

원래는 과묵한 그녀가 오늘따라 말이 많은 것처럼 느껴졌다.

"오, 오늘은 그…… 웬일로 적극적이네, 피이."

흥분해서 폭발할 듯한 의식을 딴 곳으로 돌리려고 룩스는 애써 미소 지으며 말을 건넸다.

그러자 눈앞의 거울 비친 피르히가 살짝 고개를 숙였다.

"……. 그럴지도."

피르히는 잠시 손을 멈추었다가— 이내 수줍은 표정으로

고개를 들었다.

그리고 샤워장 거울을 통해 룩스의 얼굴을 바라보았다.

"분명, 루우가 선택해 준 게 기뻐서, 들뜬 걸 거야."

"……으?!"

피르히는 가슴 앞에서 손을 모으고 웃었다.

룩스는 처음 보았다.

감정을 표현하는 게 서투른— 하지만 강한 의지를 지녀 스스로를 굽히지 않는 소녀가.

아주 오래전부터 알고 지낸 소꿉친구 소녀가 이런 표정을 짓는 것을.

"나랑 함께 있고 싶다고, 말해줬으니까."

룩스를 뒤에서 꼬옥 끌어안는 피르히.

소녀의 체온과 향기와 부드러운 육체가 룩스의 이성을 무자비하게 녹였다.

"고마워, 루우. 정말 좋아해."

"—아."

룩스의 시야가 새하얗게 물들었다.

"피, 이……."

그동안 룩스가 자신의 소꿉친구에게 품어왔던 마음.

그것이 폭발적으로 부풀어 올랐다.

수증기 속에 녹아드는 의식.

두 사람은 그대로 한동안, 넓고 어두운 대욕탕에서 시간을 보냈다.

© Yuichi Murakami

†

"조금, 머리가 어지러워."

"응. 나도…… 현기증이 나네."

피르히가 중얼거리자 룩스도 쓴웃음을 지으며 고개를 끄덕였다.

뜨거운 숨결을 천천히 토해내는 두 사람은 침실 소파에 바싹 달라붙어 앉아 있었다.

새하얀 목욕 가운을 두른 몸에서는 아직 증기가 피어오르고 있다.

지금까지와 조금 다른 묘한 부끄러움.

동시에 이전보다 더 친밀해진 기쁨을— 춤을 추고 싶어지는 기쁨을 느꼈다. 그만큼 줄곧 피르히와 맺어지고 싶었음을— 연인이 된 지금이기에 알 수 있었다.

"임금님이 되려면, 앞으로 고생하겠네."

"응. 그래도— 열심히 할 거야. 내가 바란 거니까."

룩스는 힘차게 고개를 끄덕이며 말했다.

왕자였던 룩스가 혁명을 결심한 계기.

남존여비 풍습을 타파하고 아이리와 피르히가 안심하고 살 수 있는 나라를 만들겠다는 꿈.

그 꿈은 형태를 바꿔서 지금도 계속되고 있으니까.

"응. 힘내자. 모두와 함께."

피르히가 은은한 어둠 속에서 미소 지었다.

룩스의 꿈은 이제 룩스 혼자만의 것이 아니다.

지금은— 그 꿈을 지탱하는 동료들이 있다.

그 인연이야말로 룩스가 지난 1년간 숱한 전투를 치르며 얻어낸, 무엇보다도 소중한 것임을 알았다.

"그러고 보니까……."

"……?"

온몸에 나른한 감각이 엄습하는 와중에 룩스는 문득 입을 열었다.

"피이는 특별히 원하는 거 있어? 그, 곧 있으면 생일이잖아."

피르히가 특별한 처지였던 룩스에게 다가간 건 단순한 측은지심 때문이 아니다.

어디까지나 그녀 자신의 감정과 의지를 따른 거라고 했다.

그래도— 감사하는 마음을 보여주고 싶었던 룩스는 자연스럽게 그렇게 물었다.

"……."

피르히는 멍한 표정으로 생각에 잠겼다.

그리고 몇 초 후. 자못 그녀다운 대답을 했다.

"딱히 없어. 다만 가능하다면— 그때는 만나러 와줬으면, 좋겠어."

"……그렇구나."

요컨대 룩스가 보내는 거라면 무엇이든 좋다는 뜻이리라.

하지만— 평소에는 물욕이 없는 거나 다름없는 피르히가, 룩스가 만나러 와줬으면 좋겠다고 대답해준 게 기뻤다.

"그래도 뭐 생각나는 거 없어? 내가 해줄 수 있는 거라면 해주고 싶은데……."

그래도 무언가를 해주고 싶었던 룩스가 다시 묻자—.

"루우의 아기를, 얼른 만나고 싶어."

"……헛?!"

태연하게.

친애를 가득 담은 구김살 없는 미소를 지으며 말했다.

그 말을 들은 룩스는 순식간에 얼굴이 새빨개졌다.

오랫동안 목욕한 탓에 안 그래도 몽롱한 머리가 더욱 핑핑 돌았다.

소녀에 대한 사랑과 행복감에 감싸인 채 의식이 점점 멀어졌다.

—다음 날. 렐리가 경영하는 여관을 떠나 성채 도시로 출발했다.

줄곧 변하지 않았던 룩스와 피르히의 관계가, 그 모습을 유지한 채 전진했다는 사실에 더없는 환희를 느끼면서 푸르른 하늘을 날아 학원으로 돌아갔다.

Episode 4 여동생은 새로운 꿈을 꾼다 (아이리 편)

시간을 조금 거슬러 올라간다.

룩스가 일시적인 국왕 자리에 오르고 다섯 명의 왕비를 맞이하기로 결정한 날로부터 며칠 뒤.

『고대의 숲』에서 후길과의 싸움에 종지부를 찍고, 전후 처리를 하며 라피 여왕의 후임에 관해서 논의하던 무렵—.

아이리는 학원 의무실에 누워 있었다.

"음……. 으으……."

모두가 하나로 뭉친 『대성역』의 결전.

그때 참전했던 아이리는 모든 싸움이 끝나고 일단 어느 정도 회복했지만— 다시 건강이 악화되는 바람에 아직 침대를 벗어나지 못하고 있었다.

의무실에는 상주하는 의사가 있긴 했지만, 기본적으로는 녹트가 곁에 있을 때가 많았다.

지금 이 순간에도 곁에 붙어서 간호하고 있었다.

"—아이리, 오늘은 몸이 좀 어떤가요?"

"자다 보면, 괜찮을 거예요……. 아마도."

쓰러진 이유는 룩스가 다섯 명의 아내를 맞이한 정신적인 쇼크— 가 아니라, 그 결전에서 신장기룡 《요르문간드》를 장시간 사용한 반동이었다.

정신적인 피로와 더불어 전신 근육통 때문에 몸을 제대로 움직일 수 없었다.

기룡을 연속해서 사용한 부작용으로 열까지 났다.

요 며칠 동안은 거의 깨어있을 때가 없을 정도였으며, 몸을 움직여야 할 때는 전부 녹트의 도움을 받았다.

"정말이지, 제가 생각해도 참 무모한 짓을 했네요……."

아이리는 기룡사로서 적성치를 제외한 모든 조건이 미달되었지만, 룩스를 돕겠다는 일념 하에 후길을 상대하기 위한 비장의 수단으로 참전하길 원했다.

결과적으로 그 판단은 성공했다.

아이리가 없었다면— 그 전투에서 승리를 거둘 수 없었으리라.

그러나 그 대가는 컸다.

《요르문간드》는 설치형 신장기룡이기 때문에 전개한 위치에서 한 발짝도 움직이지 않았건만, 그저 두르고 있는 것만으로 체력이 상당히 소모되었다.

확실한 건, 아이리는 이제 두 번 다시 기룡을 두를 수 없으리라는 것이다.

기룡 조작과 체력 간에는 상관관계가 거의 없다고 생각했지만, 역시 기본적인 신체능력도 필요 불가결한 요소였다.

그런 의미에서 세리스가 학원 최강이라 불리는 것도 납득이 되었다.

그래도 사지가 멀쩡하고 치명적인 후유증이 남지도 않았으니 그것만으로도 충분히 행운이리라.

실제로 그만큼 위험한 싸움이었기 때문에, 룩스에게 도움이 되었다는 만족감이 모든 허물을 덮어주었다.

—하지만 그건 그거고, 침대에서 보내는 나날은 무척 따분했다.

"그런데 녹트, 오빠의 스케줄은…… 큰 문제 없나요?"

"아이리의 의향대로 과하게 부담되지 않을 정도의 힘든 일정을 소화하고 있습니다. 걱정할 것 없어요."

"호위는…… 어떻게 되었나요?"

"Yes. 그것도 아이리가 제안한 대로 처리했습니다. 저를 제외한 트라이어드— 샤리스와 티르파가 곁에 있고, 게다가—."

"그렇다면 괜찮겠네요. 슬슬 저도, 제 앞날에 대해 생각해야 할 때가 되었고……."

"아이리……."

아이리는 안도의 한숨을 내쉬며 중얼거렸다.

녹트는 아이리의 이마에 놓여있던 수건을 바꾸면서 아무 말도 하지 않았다.

룸메이트이자 친구로서 아이리의 행동을 곁에서 계속 지켜본 사이다.

룩스가 위험 속으로 몸을 던질 때마다 불안해하던 아이리가, 자신의 건강을 해치면서까지 최종 결전에 참전한 이유는 룩스의 죽음을 막기 위해서였다.

그 이후로 룩스가 왕이 되어 새로운 길을 걷기 시작한 건 그녀가 뜻하지 않은 결과였다.

한 해를 무사히 마치고 학원을 졸업한 뒤에 무엇을 할지 구체적으로 정하진 않았지만, 그녀의 목을 옥죄던 죄인의 목걸이는 이제 없다.

"저도 자유의 몸이 됐으니…… 좀 더 공부하고 정식으로 문관이 돼서 왕도에서 일이나 해볼까요?"

"……."

아이리는 농담조로 말한 후 피로를 못 이기고 그대로 잠들어버렸다.

아이리는 룩스와 함께 자유를 쟁취하기 위해 싸워왔다.

장갑기룡을 제대로 다룰 수 없었던 아이리는 유적 관련 지식을 습득하여 문관으로서 실력을 발휘했다.

룩스가 짊어졌던 막대한 부채는 이처럼 세계 규모의 위기를 물리치고 영웅이 되는 방법 말고는 결코 지울 수 없었으리라.

그러나 그가 목표를 달성하는 동시에, 아이리는 목표를 잃고 말았다. 죄인인 아이리는 룩스와 함께 지금 이 순간을 어떻게 살아남을지만 생각해왔기 때문이다.

그런 아이리의 마음을 잘 알기에 녹트는 감히 입을 열 수 없었다.

룩스와 왕비들의 결혼은 분명 경사스러운 일이지만, 오빠를 빼앗긴 것 같아 쓸쓸한 것이리라.

그럼에도 룩스의 행복을 우선했기 때문에 그녀는 아무 말도 하지 않았다.

"아이리— 당신은 정말 훌륭해요."

녹트는 곤히 잠든 아이리를— 긍지 높은 자신의 친구를 바라보며 중얼거렸다.

"바라건대, 마지막 순간까지 당신과 룩스 씨를 섬길 수 있으면 좋겠네요."

그 말을 끝으로 녹트는 자리를 떠났다.

그리고 아이리는 꿈을 꾸었다.

†

5년 전— 왕도의 수도원에서.

룩스와 아이리는 혁명 이후 처음으로 재회했다.

『—아이리, 잘 지냈어?! 몸은 어때……? 밥은 잘 먹고 있지?』

아이리는 낡은 목조 면회실에서 룩스와 재회한 순간을 아직도 꿈에서 보곤 했다.

혁명에 성공— 아니, 성공한 것으로 발표된 쿠데타가 끝나고 3개월 뒤.

룩스는 수도원에 갇힌 아이리를 찾아갔다.

황제가 사망한 후— 라피 여왕의 은사로 죄인의 삶을 사는 대신 처형을 면한 룩스는 일단 아이리와 헤어져야만 했다.

공식적인 발표 내용은 다음과 같았다.

룩스는 구제국의 죄를 대속하는 상징으로서 앞으로 『날품팔이 왕자』의 삶을 살게 될 것이다.

그리고 병약한 아이리는 수도원에 연금될 것이다.

사실상 볼모로 잡힌 거나 다름없었다.

아마도 평생—.

아이리는 운이 좋으면 죽음을 앞둔 무렵에는 죄인의 목걸이를 벗을 수 있을지도 모른다는 소문을 수도원에서 들었다.

운명에 미래를 속박당한 채 절망의 심연에 빠진 셈이다.

그런 오빠가, 몇 개월에 한 번의 면회를 허락받고 허겁지겁 찾아와주었다.

아이리를 지키기 위해서 겨우 12세의 나이에 기룡 훈련을 받고— 혁명에 뛰어든 끝에 죄인이 되어버린 룩스를 생각하면, 수도원에 갇힌 아이리는 가슴이 미어지는 것만 같았다.

'전부 내 탓이야. 나 때문에— 오빠가 그런 치욕을 겪어야 하는 거야.'

영원히 죄인으로서 빚을 짊어지고 살아야 하며, 날품팔이 왕자로서 온 나라의 구경거리로 전락하고 말았다.

아이리는 그 현실에 가슴이 찢어지는 것 같았지만, 룩스를 도와줄 능력이 없었기에 그 고통을 꾹 참을 수밖에 없었다.

뿐만 아니라 오빠와 재회하기를 애타게 바랐지만, 한편으로는 만나는 게 무섭기도 했다.

날품팔이 왕자가 된 룩스가 끔찍한 생활을 하고 있다면— 혹은 볼모가 된 아이리를 원망하고 있다면.

상냥한 오빠만은 절대 그럴 리 없다고 생각했지만, 주위에서 들려오는 소문은 잔혹했다.

하지만 아이리의 그런 불안은 기우로 끝났다.

오빠는 예전과 조금도 다름없이 상냥했고, 동생을 보며 친애의 미소를 지어주었다.

『오빠야말로 밥은 잘 챙겨 먹고 다녀요? 옷차림도 꾀죄죄하고, 며칠 굶은 사람처럼 보이는데요.』

『아니, 이건 그냥— 직전까지 일하다 와서 그런 건데. 꼴이 보기 좀 그렇지? 미안해.』

룩스는 당시의 아이리보다 훨씬 열악한 대우를 받았음에도 약한 모습을 조금도 보여주지 않았다.

아이리에게 걱정을 끼치지 않으려고 했다.

그 마음을 알아차리고 눈물을 터뜨릴 뻔했던 기억이 선했다.

아이리는 어릴 때 병으로 고생했고, 어머니를 잃었고, 황족으로서 권력은 없는 거나 다름없었으며, 혁명이 일어난 후에는 죄인이 되었다.

운명에 농락당하며 살아온 아이리의 마음속에서 룩스의 존재가 얼마나 든든한 버팀목이 되어주었는지 모른다.

오빠가 없었다면, 비유가 아니라 정말로 죽었을 것이다.

『전 건강히 잘 지내고 있어요. 다들 제게 잘해주시구요—. 그러니까 오빠도 자기 몸 잘 챙기세요.』

아이리는 요조숙녀의 미소를 지으며 룩스의 코를 살짝 찔렀다.

『다음에 만날 땐 오빠의 옷차림이랑 건강을 꼼꼼하게 체크

할 거예요. 그러니까 저에게 지지 않게 신경 잘 쓰세요.』

『아하하……. 아이리한테는 못 당하겠다니까.』

아이리는 쓴웃음을 짓는 룩스를 향해 득의양양하게 말했다.

처음엔 고독해서, 불안해서 눈물이 터질 것 같던 자신의 마음속에 작지만 뜨거운 불꽃이 피어난 것 같았다.

사실은— 룩스가 곁에 있기를 바랐다.

울며 매달리고 싶었다.

하지만— 이렇게 오빠의 모습을 보고, 그래서는 안 된다는 용기가 솟아올랐다.

'나의 소중한 오빠를 돕기 위해서라면— 그 어떤 고생도 기꺼이 감내하겠어.'

그날 이후로 아이리는 강해졌다.

병약한 몸을 채찍질하며 지금까지 해온 것 이상으로 필사적으로 학업에 몰두하였고, 부단한 노력을 통해 주위와도 원만하게 지내게 되었다.

오빠를 더 자주 만나고 싶다. 함께 있고 싶다. 그런 생각이 끊임없이 고개를 들었지만, 어리광부리지 않고 자신을 단련해서 룩스를 행복하게 해주려고 했다.

룩스는 자신의 동생인 아이리를 위해서 쉬지 않고 싸워왔다.

목숨을 걸고, 오랜 시간을 들여 자유를 안겨주었다.

그러니 이제는 충분했다.

앞으로는 룩스가 자기 자신의 행복을 우선적으로 생각하기를 바랐다.

왕비가 많다 보니 트러블이 걱정되었으나— 그 다섯 명이라면 어떻게든 잘 해나갈 것이다.

여성 관계로는 얼마든지 곤경을 겪어도 괜찮다고 생각했다.

조금 짓궂은 생각일지도 모르지만, 그것은 아이리가 도와줄 수 있는 영역이 아니니까.

하지만 국왕으로서 맞닥뜨리게 될 분야에서라면 아이리는 언제까지고 룩스의 힘이 되어줄 생각이었다.

그러니까—.

'행복하셔야 해요. 저를 위해서가 아니라, 앞으로는 오빠 자신을 위해서.'

꿈결 속에서, 아이리는 그렇게 말했다.

이윽고 그녀의 의식은 깊은 잠 속으로 가라앉았다.

†

"으……음."

잠에서 깬 아이리는 게슴츠레 눈을 떴다.

평소와 같은 아침.

열이 아직 남아 있고 몸은 여전히 나른하지만 조금씩 좋아지고 있다는 실감이 들었다.

'그리운 꿈을, 꿨네요…….'

학원 건물 내에서 학생들의 목소리가 들리지 않는 것을 통해 아이리는 오늘이 휴일이라는 걸 알아차렸다.

그리고 지금은 아침 식사 시간인지 주위에서 요리 냄새가 은은하게 감돌았다.

휴일이라서 의사도 쉬는 모양이었지만, 녹트가 대신 간호해 줄 예정이었으므로 걱정하진 않았다.

난로에도 불이 들어와 있어서 방은 따뜻했다.

친구의 세심한 배려에 고마움을 느끼며 아이리는 의무실 침대 위에서 눈을 감았다.

음식 카트를 미는 소리와 함께 식욕을 자극하는 냄새가 한층 강해졌다.

"배고파요. 얼른 먹여주세요, 녹트. 아직 몸이 잘 안 움직이니까—."

"미안, 좀 늦었지? 여기 조리실은 거의 써본 적이 없어서—."

아이리가 어리광 섞인 목소리로 녹트를 재촉하자 **소년의 대답**이 돌아왔다.

아이리는 전혀 예상치 못한 현실에 약 몇 초간 침대 속에서 빠르게 머리를 굴린 다음 벌떡 일어나려고 했다.

"으……?!"

하지만— 아직 몸이 무겁게 느껴져서 혼자 힘으로는 제대로 일어날 수 없었다.

그래도 대답한 사람의 정체는 목소리로 파악했다.

어떻게든 온몸의 힘을 쥐어짜 침대에 손을 짚고 가까스로 상체를 일으켰다.

그리고— 교복 위에 연분홍색 앞치마를 두른 룩스가 녹트

대신 식사 준비를 하고 있었다.

"오빠?!"

"부담없는 음식은 괜찮다고 해서 수프를 좀 만들었는데, 먹을 수 있겠어?"

"여기서 뭐 하는 거예요?! 이 시간이면 아직 왕도에 있어야 하는 거 아니에요?!"

눈앞의 광경이 꿈인지 생시인지 의심하면서 아이리는 따지듯이 물었다. 아이리가 파악하고 있는 스케줄대로라면 룩스는 지금 왕도를 시찰하고 있어야 한다.

설령 업무가 일찍 끝났다고 쳐도 정오가 좀 지난 무렵에 학원에 돌아오다니, 말도 안 된다.

업무를 마친 뒤에는 오랜만에 하루를 쉰다는 것까지 기억하고 있다.

"아이리…… 요양하는 중에도 내 스케줄을 다 파악하고 있었구나. 그렇게 무리하지 않아도 되니까, 지금은 잊고 푹 쉬자."

"……있잖아요, 오빠."

잠옷 차림의 아이리는 이마에 손을 대며 한숨을 쉬었다.

"지금이 제일 중요한 시기인 거 알죠? 라피 여왕 폐하께서 승하하시고— 새 국왕으로 입후보한 건 바로 오빠잖아요? 그런데 책임감 있는 모습을 보이지 않으면 적을 만들게 될 거예요. 얕보이게 될 거라구요."

아이리가 다시 한숨을 내뱉고 도끼눈으로 째려보자 룩스는 쓴웃음을 지었다.

"일정은 잘 마치고 왔어. 예정보다 일찍 끝나서 돌아왔을 뿐이야. 기룡 덕분에 이동시간도 단축했고."

"그렇다면 더욱 제 간호 같은 걸 할 때가 아니잖아요."

"어? 왜?"

"……하아."

아이리는 어리둥절한 표정으로 묻는 룩스를 보고 현기증을 느꼈다.

상반신을 지탱하고 있는 것조차 힘겨웠지만, 목소리에 힘을 담아 설명했다.

"제때 쉬는 것도 차기 국왕으로서의 본분이에요. 제 걱정을 할 때가 아니라구요! 가뜩이나 늘 무리하는 주제에—."

"하지만 아이리가 좀처럼 병석에서 일어나지 못한다고 하니까……."

"그러니까 걱정할 것 없대도요. 보다시피 전 이렇게 쌩쌩…… 으윽."

상반신을 일으키고 있던 아이리가 열 때문에 휘청거렸다.

룩스는 황급히 끌어안는 것처럼 아이리의 어깨를 지탱했다.

"거봐. 무리하지 마. 내일도 쉬는 날이니까, 이틀 동안 내가 돌봐줄게."

룩스는 활짝 웃으며 그렇게 속삭였다.

"……녹트는, 어디 있나요?"

"내일까지는 일이 있어서 좀 바쁜가 봐. 계속 아이리를 간호하느라 일이 밀렸을 테니 어쩔 수 없지."

"누구보다도 휴식이 필요한 오빠가…… 하아, 하아…… 여기서 절 돌봐주겠다니……!"

"아하하……. 그만하고 얼른 먹자. 오랜만에 솜씨 좀 발휘했는데 이러다 다 식겠다."

룩스는 쓴웃음을 지으며 아이리의 등 뒤에 쿠션을 받치고 상반신을 세운 상태로 고정했다.

그리고 수프를 숟가락으로 떠서 후후 입김을 불어 식힌 다음 아이리의 입가에 가져갔다.

"……."

아이리는 먹이를 받아먹는 아기새처럼 입을 열고 알맞게 식은 수프를 목으로 넘겼다.

고기와 채소로 만든 콩소메였다.

은은한 짠맛이, 푹 익은 채소의 맛이, 흐리멍덩한 의식을 깨워주었다.

"저기, 어린애도 아니고 그렇게 안 식혀줘도 괜찮은데요."

쑥스러워진 아이리는 열과 관계없이 뺨을 붉히며 살짝 째려보았다.

하지만 룩스는 조금도 개의치 않고 같은 과정을 거쳐 숟가락을 내밀었다.

아무래도 식사를 마치기 전까지 이 상황에서 벗어날 수 없을 것 같았다.

그렇게 판단한 아이리는 하는 수 없이 룩스를 따르기로 했다.

이번에는 허브를 넣어서 구운 빵을 수프에 적셔서 먹여주었다.

마지막으로 구운 달걀과 우유를 먹고서 식사를 마쳤다.

룩스는 팔다리를 제대로 움직이지 못하는 아이리를 대신해서 그녀의 어깨를 붙잡아 고정하고 입가를 닦아주었다. 아이리는 이 상황이 너무 부끄러운 나머지 기절할 것만 같았다.

"어쩐지 그립다. 어린 시절로 돌아간 것 같아서."

"으으……! 저는 이 나이 먹고 오빠의 보살핌을 받는 게 창피해서 죽을 것 같거든요!"

"아하하, 미안해. 놀리려는 게 아니었는데."

아이리는 최대한 저항해봤지만 룩스는 생글생글 웃으며 카트를 끌고 나갔다.

그리고 마치 교대라도 하는 것처럼 교복 차림의 녹트가 모습을 드러냈다.

"아니…… 어디 갔다 이제 오는 거예요, 녹트!"

"Yes. 죄송합니다.『기사단』의 일이 조금 쌓여서 그쪽을 해결하느라……."

아이리는 담담한 어조로 대답하는 녹트에게 따졌다.

"그건 어쩔 수 없지만, 왜 하필 오빠를 보낸 거죠? 가뜩이나 공무로 바빠서 제 간호나 할 때가 아닌데……."

"그렇지 않아요, 아이리."

녹트는 아이리의 지적을 쿨하게 부정했다.

"룩스 씨에게 있어 아이리는 세상에 둘도 없는 소중한 가족입니다. 병석에 누운 당신을 간호하고 싶다는 마음을, 공무 때문에 지금까지 꾹 참았던 거예요."

"—읏."

녹트가 말하길, 트라이어드의 호위를 받는 동안에도 계속 아이리를 걱정했다고 한다.

"그러니 얌전히 받아들이세요. 그래도 정 싫다면, 룩스 씨에게 직접 말해서 손을 떼게 하세요."

"너무해요…… 불가능하다는 거 잘 알면서."

아이리는 녹트를 외면하고 토라진 목소리로 불평했다.

"말해봤자 듣지도 않겠지만, 애초에 제가 오빠를 말릴 수 있을 리가 없잖아요……."

아이리는 논쟁을 벌일 때마다 항상 승리를 선언하지만, 사실 룩스의 뜻을 굽힐 수 있는 수단 따위는 없음을 잘 안다.

룩스는 중요한 순간엔 결코 자신의 의지를 굽히지 않는다.

어떤 무모한 짓을 해서라도 기필코 이루어낸다.

이번에도 분명 그럴 것이다.

"그리고—."

룩스가 그토록 아이리를 걱정해주는데 어찌 기쁘지 않을 수 있을까.

애써 잘라내려고 했던 룩스를 향한 마음이 다시 고개를 들려고 했다.

"……그럼 이만 가보겠습니다. 종종 보러 올 테니까 무슨 일 있으면 불러주세요."

"잠깐……! 기다려요! 녹트에게 부탁하고 싶은 게—."

인사하고 물러나려는 녹트를 아이리는 서둘러 붙잡았다.

"무슨 일인가요?"

"그게…… 화장실……."

"Yes. 그 문제는 미처 생각 못 했군요. 죄송합니다."

역시 이것만큼은 강한 척과 무관하게 오빠의 손을 빌릴 수는 없었다.

결국 아이리는 오늘과 내일, 이틀간 룩스의 간호를 받기로 했다.

†

의무실에는 다시 룩스와 아이리 둘만 남았다.

시곗바늘이 시간을 새기고, 난로에서 장작이 타는 소리가 들려왔다.

"난 여기 있을 테니까, 뭐든 도움이 필요하면 얘기해."

화장실을 다녀오는 김에 녹트의 도움을 받아 새 잠옷으로 갈아입은 아이리는 룩스의 간호를 받기로 했다.

실내 온도 조절, 아이리의 이마를 식혀주는 수건 교환.

그리고 욕창을 방지하기 위한 정기적인 자세 변경 등을 주로 맡았다.

"더 도울 일은 없을 거예요. 누워있는 것만으로 충분하니까, 괜히 신경 쓰지 말고 오빠나 푹 쉬세요. 싸움이 끝난 뒤로 제대로 쉬지도 못했잖아요."

"아하하……. 난 괜찮아. 『세례』로 몸이 튼튼해졌으니까."

아이리의 지적에 괜히 찔렸는지 룩스는 겸연쩍게 변명했다.

그리고 한동안 평화로운 시간이 이어졌다.

"—오빠는, 앞으로도 계속 이렇게 할 생각이에요?"

침대에 누워서 천장을 올려다보던 아이리의 입에서 불현듯 그런 말이 튀어나왔다.

"무슨 얘기야?"

"언제까지고 저를 챙겨줄 수는 없을 거 아니에요. 왕이 돼서 왕비를 다섯 명이나 맞이하게 됐으니까."

『언제까지고』— 이 말은 지금 이 간호를 가리키는 게 아니었다.

룩스가 아이리를 이렇게 특별히 챙겨줄 수 있는 기간에 대한 지적이었다.

"글쎄, 그런 건 따로 생각해본 적 없는데—."

"그러면 안 돼요. 이번에는 특별히 허락해줬지만, 오빠의 입장은 이제까지 이상으로 복잡하니까 왕으로서 자각을 가질 필요가 있어요."

"왠지 평소의 아이리로 돌아온 것 같네."

룩스는 난처한 미소를 지었다.

자신이 간호하는 상대에게 설교를 듣게 될 줄은 예상 못 한 것이리라.

하지만 이는 아이리 나름대로 매듭짓는 과정이었다.

이제부터— 왕비의 길을 걷게 될 소녀들에 대한 질투.

룩스를 빼앗긴 것에 대한 질투라는 감정을 끊어내기 위해서 필요했다.

그래서 아이리는 냉정하게 룩스를 뿌리치려고 했다.

"저를 특별 취급하는 건 이제 졸업할 때가 됐어요. 저도 이제 곧 어엿한 숙녀가 될 테니까요."

"……."

가볍게 나무라는 듯한 아이리의 어조.

그 말을 들은 룩스는 약간 쓸쓸함이 느껴지는 미소를 지었다.

사실은— 아이리 쪽에서 룩스를 원하고 있건만, 그녀는 이제껏 룩스의 고집에 마지못해 어울려주는 척해왔다.

그런 식으로 자신의 마음에 경계선을 긋지 않으면 버틸 자신이 없었다. 그러나 룩스의 애틋한 표정을 보니 마음이 미어지는 것만 같았다.

때문에 아이리는 다음에 이어질 말을, 얼굴을 벽 쪽으로 돌린 채로 했다.

"그 대신— 내일까지만, 오빠에게 어리광 부려도…… 괜찮을까요?"

"굳이 내일까지만, 이라고 강조 안 해도 되는데."

돌아오는 룩스의 대답은 밝고 자상했다.

그 대답을 들은 아이리는 마음이 아렸다.

"내일까지만, 이에요. 그 다음부터는 제 생각은 가끔 하는 정도로도 충분하니까, 공무에 집중하시구요."

그렇게 대화를 마친 두 사람의 시간이 다시 흐르기 시작했다.

하지만— 특별히 달라진 것은 없었다.

아이리는 몸을 일으켜 책을 읽었고, 피곤하면 잠을 청했다.

룩스는 바로 옆에 있는 소파에 앉아 공무와 관련된 각종 서류를 확인했다.

이따금 아이리의 상태를 확인하고, 욕창이 생기지 않게 자세 바꾸는 걸 도와주거나 이마의 물수건을 갈아주었다.

환기, 난롯불 조절.

기본적으로 그런 느낌으로 느긋한 시간이 흘러갔다.

그렇게 몇 시간이 지나 저녁 식사를 마친 후, 룩스는 아이리에게 물어보았다.

"그러고 보니— 아이리는 이제 어떻게 할 거야?"

"오빠의 결혼식에 다섯 번 전부 다 참석할 거예요. 귀찮지만."

"……아니, 그게 아니라……."

"장래를 물어본 거라면, 딱히 생각해 둔 건 없어요. 졸업하면 문관으로서 유적의 기술 유산을 관리하는 직업에 취직하지 않을까요?"

세계는 앞으로 유적을 억제하는 방향으로 움직일 것이다. 그러니 고대 기술을 더욱 철저히 관리하지 않으면, 세계 각국은 다시 유적을 차지하기 위해서 싸우게 될 것이다.

그렇다고 이미 보유한 기술을 포기하는 것은 사실상 불가능하다.

환신수 생산 기능은 철저하게 봉인하고, 유적에서 현존하는 기술보다 뛰어난 것을 반출하는 것을 금지하기 위해 그 기준을 판단할 역할이 필요하게 되리라.

그런 면에서 고대문자를 해독할 수 있고 『세례』를 받은 아이리에게는 충분히 소질이 있었다.

유적과 관련된 조직이라면 어느 곳이든 그녀를 원할 것이다.

"그렇구나. 신왕국에도 유적이 세 개나 있으니, 곁에 있어주면 나도 기쁠 거야."

"딱히 신왕국에서, 오빠의 눈이 닿는 곳에서 일하겠다는 건 아닌데요?"

룩스가 마음이 놓인다는 투로 말하자 아이리는 도끼눈을 뜨며 반박했다.

"그, 그래?"

룩스는 복잡한 표정으로 고개를 푹 숙였다.

"이번에는 오빠를 구하기 위해서 싸웠지만, 앞으로 제 도움이 필요할 일은 없겠죠. 다섯 명의 왕비 사이에 끼어서 인간관계로 열심히 시달려 보세요."

아이리는 그렇게 독설을 퍼부으며 빙그레 웃었다.

그것이 지금 그녀가 그을 수 있는 경계선이었다.

종종 상태를 보러 온 녹트는 그런 분위기를 약간 눈치챈 것 같았지만, 아무 말 없이 아이리의 목욕을 도와주었다.

그렇게, 첫째 날 간호가 끝났다.

†

다음 날, 룩스는 휠체어와 지팡이를 빌려왔다.

"아이리, 몸이 좀 괜찮으면 학교 안을 산책하지 않을래? 계속 침대에만 누워있으면 지루할 거 아냐."

"저는 신경 쓰지 말라고 했을 텐데요……?"

아이리가 째려보자 룩스는 머리를 긁적이며 웃었다.

"하지만 이미 빌려왔는걸. 정말 생각 없어?"

"하아…… 어쩔 수 없네요."

실제로 아이리는 혼자서 몸을 일으킬 정도로는 회복됐다.

룩스가 산책 준비를 한 것도 단순한 변덕이 아니라 아이리의 상태를 확인하고 판단한 것이리라.

그리고— 아이리에게도 어떤 목적이 있었다.

이번 일을 계기로 오빠의 품에서 벗어날 생각이건만, 왜 자꾸 귀찮게 구는 것일까.

아이리는 룩스의 저의를 다시 확인하고 싶었다.

룩스는 옷을 두껍게 입은 아이리에게 머플러와 무릎담요까지 추가로 덮어주고, 따뜻하게 데운 돌을 쥐여주었다.

아이리는 병약했던 어린 시절이 본격적으로 떠올라 그리움을 느끼기는커녕 창피할 지경이었다.

"춥진 않아? 힘들면 바로 말해. 업어줄 테니까."

"오빠……. 오늘은 휴일이긴 하지만, 학원 내에서 제게 창피를 주려는 건가요?"

룩스는 순수한 의도로 제안했지만, 아이리는 기가 막힌다는 투로 대꾸했다.

"그건 걱정하지 마. 남들 눈에 안 띄게 데려갈 테니까."

그러나 룩스는 무척 밝은 표정으로 휠체어를 밀기 시작했다.

"아……."

행여나 아이리의 몸에 무리가 갈세라 조심스러운 룩스의 움직임.

그 모습에 추억이 되살아난 아이리는 7년도 더 지난 과거로 돌아간 듯한 기분이 들어서 깊은 생각에 잠겼다.

학원 안팎을 번갈아 오가며 바깥 공기를 마시고 경치를 구경했다.

책을 빌리려고 도서관에 가고, 차를 마시려고 식당에 가고, 중앙정원에서 한가로이 햇볕을 쬐면서 길고양이와 장난쳤다.

오빠와 단둘이 보내는 휴일은 아이리가 계속 바라 마지않았던 순간이다.

"—오빠. 하나, 물어보고 싶은 게 있어요."

오후의 태양이 중천에서 반짝이는 무렵. 아이리는 드디어 말을 꺼냈다.

"……뭔데?"

아이리는 눈을 동그랗게 뜨고 고개를 갸웃거리는 룩스를 돌아보며 진지한 표정으로 말을 이었다.

"어째서 이번에, 일부러 제 간호인 역할을 자처한 건가요?"

"……."

룩스는 그 질문에 살짝 허를 찔린 표정을 드러냈다.

하지만 이내 평소와 같은 미소를 되찾고 당황스러워하면서도 대답했다.

"그건, 녹트가 다른 일 때문에 바쁘다는 얘기를 들었거든. 그리고 나도 이번에는 학원에 빨리 돌아올 수 있을 것 같아서—."
"거짓말하지 마세요."
눈을 슬쩍 치켜뜨며 지적하는 아이리.
"녹트한테 그녀의 스케줄을 들었는데, 제 간호를 못 할 정도로 바쁜 일은 없었을 거예요."
"그, 그건…… 그러니까, 아마 급한 볼일이 생긴 게 아닐까—. 그리고 의사 선생님도 휴무일이고, 그렇다고 다른 학생한테 맡기기도 그렇잖아."
룩스는 횡설수설 대답하며 시선을 이리저리 움직였다.
그 반응을 보고 아이리는 진위를 확인해볼 것도 없이 거짓말이라는 걸 간파했다.
"실은, 오빠랑 녹트가 얘기하는 걸 들어버렸단 말이죠. 오빠가 저를 간호하겠다고 하는걸—."
"뭐? 그럴 리가……?! 아이리는 그때 자고 있었잖아?!"
룩스가 화들짝 놀라며 물어본 직후, 아이리가 오빠에게 미소를 돌려주었다.
전술적인 안목은 대단하지만, 신뢰하는 동료나 가족 앞에서는 여전히 빈틈이 가득했다.
"걸렸네요. 오빠가 절 속이려고 들다니, 100년은 이르다구요."
"아, 으으……."
룩스가 겸연쩍게 눈을 내리깔자 아이리는 다시 앞을 보며 물어보았다.
"그럼, 다시 물어볼게요. 왜 굳이 거짓말까지 하면서 제 간호를 맡겠다고 자처했나요? 안 그래도 바쁘고 피곤한 사람이, 녹트가 할 일까지 빼앗다니…….”

“질문이 두 개로 늘어났는데…….”

“됐으니까 대답해주세요. 그런 영문 모를 짓을 한 이유를.”

다시 뒤를 돌아본 아이리는 도끼눈을 뜨고 다그쳤다.

룩스는 잠시 망설였지만, 이윽고 결심이 섰는지 작은 목소리로 입을 열었다.

“그게, 아이리가 안 내켜할 것 같았거든. 내가 보살펴주는걸.”

“무슨 말인지 이해가 안 되는데요……. 대체 그 이유는 뭔가요? 저는 어른의 판단으로 얘기하는 거예요. 어째서 오빠는 무리하면서까지 그런 짓을―.”

“……그러니까, 아이리에게 거절당하고 싶지 않아서…….”

“―아.”

어딘지 모르게 곤란해 보이는 룩스의 미소에, 그가 한 말에, 아이리는 굳어버렸다.

그렇게 강하고, 용감하고, 상냥하고―.

입 밖으로 꺼낸 적은 없지만, 세상 누구보다도 신뢰하고 정말 좋아하는 오빠가, 낙담한 모습으로 꺼낸 고백에 사고가 정지했다.

“아이리는 늘 나를 챙겨줬으니, 보답하고 싶었어. 하지만 평범한 방법으로는 거절할 것 같았거든……. 그래도―.”

나지막한 목소리가 절절하게 울렸다.

“오랜만에 함께 있고 싶었어. 아이리가 나를 위해 무리한 탓에 쓰러졌을 때만큼은 곁에 있어주고 싶었어. 날품팔이 왕자로 살게 된 뒤로, 학원에 온 뒤로, 계속 아이리에게 신세만 졌으니까."

"……."

아이리는 아무런 대꾸도 할 수 없었다.

아이리는 기룡사로서 룩스의 힘이 되어줄 수 없었다.

그의 곁에서 싸울 수 있는 리샤 일행을, 트라이어드를 줄곧 질투했다.

겨우 건강한 몸을 얻게 됐건만, 오빠를 도와줄 수 없는 현실에 속이 탔다.

그래서 아이리는— 무모한 짓이라는 걸 알면서도, 최후의 결전 때도 신장기룡을 두르고 참전했다.

그 이후로는 룩스를 자유롭게 살게 해주고 싶었다.

자신을 보살펴야 한다는 굴레 따위는 씌우고 싶지 않았다.

그러나—.

"오빠도 참, 그걸 말이라고 하는 거예요?"

아이리는 기막힘이 섞인 미소를 지으며 오빠의 얼굴을 올려다보았다.

"지금까지 계속 신세만 진 사람은, 오빠에게 도움받고 있는 사람은, 제 쪽이라구요. "

룩스가 곁에 있었기에.

자신을 소중히 여기는— 사랑하는 가족이 있었기에 지금까지 힘을 낼 수 있었다.

그리고 피를 나눈 가족을 위해서라면 제아무리 무모한 짓이라도 할 수 있었다.

결국— 룩스와 아이리 남매는 깜짝 놀랄 정도로 닮은꼴이었던 것이다.

“그래도 오빠가 진심으로 그렇게 생각한다면— 앞으로도 계속 제 도움이 필요할 것 같네요.”

말하지 않아도 서로 통했다는 것을 알게 된 순간, 아이리의 마음속에서 응어리가 사라졌다.

아이리는 키득 웃고는 여전히 나른함이 남아있는 오른팔을 뻗어 오빠의 뺨을 살짝 콕 찔렀다.

“아하하……. 응. 그렇게 해주면— 정말 고마울 거야.”

“그럼, 오늘은 철저히 귀찮게 할 거예요. 오빠의 무모한 짓에 어울리느라 이렇게 된 거니까.”

아이리가 짓궂게 말하자 룩스는 곤란한 미소를 지었다.

그 뒤로 남매끼리 오붓한 휴일을 즐겼다.

†

『죄송합니다. 급한 일이 생겨서 목욕할 때까지 못 돌아옵니다. 밤늦게나 돌아올 수 있을 것 같으니, 아이리의 목욕 시중은 룩스 씨에게 맡기겠습니다.』

저녁 식사를 마치고 의무실로 돌아온 남매는 녹트가 남긴 메모를 보고 얼어붙었다.

녹트가 묘한 눈치를 발휘한 게 아니라, 성채 도시에서 일어난 붕괴 사고를 해결하기 위해 출동한 모양이었다.

"이, 이런…… 어쩔 수 없지. 녹트가 돌아올 때까지 기다릴까?"

룩스가 약간 당황한 모습으로 제안하자 아이리는 살짝 고개를 저었다.

"오빠 아직도 뭘 모르네요. 녹트는 돌아올 수 있을 것 같았다면 정확히 그렇게 적었을 거예요. 절 이대로 재우려는 거예요?"

아이리는 희미하게 뺨을 붉히고 부끄러워하면서도 도끼눈을 뜨고 말했다.

그녀의 몸은 어제보다 훨씬 회복되긴 했지만, 혼자서 편히 옷을 갈아입을 수 있을 정도는 아니다.

그러니 온수에 적신 수건으로 몸을 닦는 것도 쉽지 않을 것이다.

"나는 어, 물론 도와줄 수 있는데…… 아이리는 괜찮겠어?"

결국 전라에 가까운 모습을 드러내야 하므로 룩스가 조심스럽게 묻자—.

"괘, 괜찮을 리가 없잖아요. 오빠는 자기 친여동생의 알몸을 보고 싶은 거예요? 눈을 가려주세요. 지시는— 제가 내릴 테니까."

"아, 응. 알겠어."

룩스는 아이리의 지적에 가슴을 쓸어내리고 씻겨줄 준비를 하고, 녹트가 기숙사 아주머니에게 부탁해서 미리 세탁해둔 의복을 미리 베갯맡에 가져다 두었다.

'일단, 속옷도 있겠지…….'

당연하다면 당연하지만, 괜히 그 얘기를 꺼내면 더욱 이상한 시선으로 볼 것 같았기 때문에 룩스는 입을 꾹 닫고 시작하기로 했다.

두툼한 수건으로 눈을 가리자 룩스의 시야가 깜깜해졌다.

"그럼 내가 뭘 해주면—."

"우선, 잠옷을 벗겨주세요. 눈앞의 단추를 풀고—."

옛날에는 병약한 아이리가 옷을 갈아입히는 것까지도 도와주었지만, 이제는 여러 의미로 긴장이 됐다.

침대 위에 앉은 아이리와 마주한 상태로 손을 내밀어서 잠옷 단추를 하나씩 풀었다.

'뭐랄까, 눈을 가린 탓에 오히려 분위기가 더 이상해진 것 같아…….'

묘한 부끄러움과 긴장이 감도는 가운데 룩스는 아이리의 잠옷을 벗겼다.

"그럼, 이번엔 뒤쪽이에요. 그 근처에 있는 후크를 풀고—."

"아니, 속옷까지 내가 벗겨야 해?!"

"일부러 간접적으로 표현한 건데 꼭 그렇게 대놓고 말해야겠어요?! 저라고 좋아서 이러는 게 아니라구요……!"

"미, 미안해……."

룩스는 버럭 소리치는 아이리에게 사과하면서 그녀의 속옷에 손을 댄다.

당연하게도 손이 맨살에 닿았기 때문에 묘한 두근거림이 룩스를 엄습했다.

"흐읏……."

자그마한 한숨 같은 아이리의 목소리.

그것이 조용한 밤의 의무실에 울려 퍼지며 야릇한 분위기를 연출했다.

하지만 룩스는 심호흡을 하며 마음을 다스리려고 애썼다.

'진정하자, 룩스. 무슨 생각을 하는 거야……! 어릴 때처럼 간호하는 것뿐이잖아. 이상한 점은 아무것도—.'

잡념을 의식에서 쫓아내고 온수에 적신 수건으로 땀을 흘린 피부를 닦아냈다.

그 과정에서 무언가 작지만 부드러운 것이 수건 너머로 룩스의 손에 닿은 감촉이 느껴졌다.

"꺄……?!"

"왜, 왜 그래 아이리?!"

갑작스럽게 튀어나온 외마디 비명에 무슨 실수라도 한 건가 싶어서 룩스는 당황했다.

"아, 아무것도 아니에요. 그냥…… 에 손이 살짝 닿아서—."

뒤로 갈수록 목소리가 작아져서 잘 안 들렸지만, 아무튼 별일은 아닌 모양이었다.

'그런데 이대로 계속해도 정말 괜찮은 걸까?! 왠지 사람으로서 하면 안 되는 짓을 하는 듯한 기분인데…….'

최소한 옷을 갈아입히는 과정만이라도 학원에 남아있는 소녀들에게 맡길 수 없을까?

그러나 여기까지 온 이상 새삼스럽다는 생각도 들었다.

"……으, 읏. 계속해주세요, 오빠."

아이리도 이렇게 창피함을 참고 있지 않은가.

룩스가 그렇게 각오한 순간, 의무실 문이 드르륵 열렸다.

"—아."

룩스는 수건으로 눈을 가린 탓에 볼 수 없었지만, 억양이 없는 녹트의 목소리가 고막을 두드렸다.

"일단 노크는 분명히 하고 문을 연 겁니다. 그럼 저는 갑자기 급한 용건이 떠올랐으므로 이만 실례하죠."

눈을 가린 룩스는 알 재간이 없었지만, 아이리에게는 정색한 얼굴로 열었던 문을 바로 닫으려고 하는 친구의 모습이 보였다.

"—잠깐?! 기다려! 가지 마!"

"마, 맞아요, 녹트! 돌아왔다면 교대해주세요!"

룩스와 아이리는 필사적으로 녹트를 붙잡았다.

결국 몸을 닦아주는 역할과 환복은 그녀에게 양보하게 됐다.

†

룩스가 일단 자리를 비운 사이에, 아이리와 녹트는 둘만 남은 의무실에서 얘기를 나누었다.

"어떻게 되었나요, 아이리. 제가 없는 동안 룩스 씨와 잘 했나요?"

"하긴 뭘 해요. 평범하게 간호받았을 뿐이라구요."

"Yes. 그럼 다행이군요. 속마음을 솔직히 드러냈다면 저도 자리를 비운 보람이 있네요. 아, 마지막 옷 갈아입기는 정말로 예상 밖이었습니다만.”

녹트는 침대에 누운 아이리에게 이불을 덮어주면서 미소 지었다.

“……하아. 친구를 소중히 아끼는 벗을 둬서 참 행복하네요.”

녹트는 아이리의 심리와 그녀가 품고 있는 갈등을 눈치챈 것이리라.

룩스는 죄인의 족쇄에서 풀려나 자유로워졌고, 신왕국의 국왕으로서 새로운 길을 걷기 시작했다.

뿐만 아니라 다섯 명의 왕비를 맞이하기까지도 했으니 아이리는 자신의 목표와 자신이 있을 자리가 없어졌다고 느끼게 됐다.

앞으로는 오빠의 힘이 되어줄 필요가 없다고 생각하게 됐다.

그리고 오빠의 앞길을 방해하지 않도록 물러날 생각이었다.

하지만— 그건 잘못된 생각이었다.

“아이리, 당신은 정말 대단해요. 기룡에 적합하지 않은 몸으로 그 《요르문간드》를 조종하며, 룩스 씨를 끝까지 도와주었잖아요. 아니…… 지금까지 줄곧 그늘 속에서 룩스 씨의 힘이 되어주었죠. 그 누구보다도— 가까운 곳에서.”

평소에는 과묵한 녹트가 웬일로 열변을 토했다.

그리고 룩스도 녹트와 똑같은 마음이었다.

그래서 두 사람이 서로 상대의 마음을 깨닫도록 하려고 한바탕 연극을 해서 룩스에게 아이리의 간호를 맡긴 것이었다.

"앞으로 룩스 씨를 빼앗기는 것처럼 느껴져서 아이리도 마음고생을 하게 되겠지만, 당신은 틀림없이 사랑받고 있습니다. 그 사실만은 가슴속 깊이 간직하세요."

"……딱히, 연애적인 의미로 오빠에게 이러쿵저러쿵 말할 생각은 처음부터 없었다구요."

녹트의 지적에 아이리는 약간 시선을 피하면서 입술을 삐죽 내밀었다.

그 모습을 본 친구는 살짝 미소 지으며 끄덕였다.

"그렇다고 쳐 드리겠습니다."

"네, 그렇게 쳐 주세요. 그리고—."

아이리는 베개에 머리를 올린 채 녹트의 얼굴을 쳐다보며 말했다.

"오빠의 향후 스케줄을 가르쳐 주세요. 제가 하고 싶은 걸 알았거든요."

"Yes. 내일까지는 반드시. 그때까지는 룩스 씨에게 계속 간호를 맡기겠습니다."

그리고 녹트가 나간 뒤에 룩스가 다시 돌아왔다.

자기 전에 난롯불 조절과 환기를 마치고 침구를 정돈했다.

"그럼 난 여기에 있을 테니까 안심하고 푹 자."

"—네. 잘 자요, 오빠."

룩스는 아이리의 침대 옆에 있는 소파로 이동해서 앉고 모포를 덮었다.

일렁이는 난롯불이 은은하게 밝혀진 방에서 아이리가 새근대는 숨소리를 내기 시작하자— 룩스도 스르르 눈을 감았다.

"그럴 줄 알았어요."

아이리는 잠든 오빠를 깨우지 않도록 작게 혼잣말하며 천천히 상반신을 일으켰다.

그리고 옆에서 편안히 잠든 오빠의 얼굴을 바라보았다.

"자기가 제일 지친 주제에, 묘한 부분에서 책임감을 발휘한단 말이죠."

룩스는 자신을 위해 무리하고, 그 여파로 몸져누운 아이리를 직접 간호하고 싶었다.

그 마음은 틀림없는 사실이리라.

하지만 무의식적으로 무리를 한 모양이었다.

"정말— 손이 많이 가는 오빠라니까요."

그렇게 중얼거리는 아이리의 얼굴에는 미소가 떠올라 있었다.

일찍이 수도원에 갇혀있던 아이리를 찾아왔을 때와 달라진 점은 아무것도 없었다.

죄인이든, 국왕이든, 변하지 않는 것이 거기에 있었다.

그리고, 룩스를 향한 아이리 자신의 마음도 옛날부터 줄곧 그대로였다.

"그렇게 빈틈을 드러내면, 누군가에게 기습당할지도 모른답니다? 예를 들면, 나쁜 여동생이라든가—."

뺨을 발갛게 물들인 아이리가 장난스럽게 속삭였다.

곤히 잠들어서 깨어날 기미가 없는 룩스에게 가까이 다가갔다.

아직 완전히 회복되진 않았지만, 오늘 아침 시점에서 이 정도는 움직일 수 있게 됐다.

그래도 모처럼 온 기회였으므로 실컷 어리광 부렸다.

룩스가 원했던 것처럼, 아이리도 그가 자신의 어리광을 받아주었으면 싶었기 때문이다.

"좋아해요. ―나의, 세계 제일의 오빠."

그 직후, 난로 불빛을 받아 드리운 룩스와 아이리의 그림자가, 두 사람의 얼굴이 포개졌다.

그 비밀스러운 행위를 알아챈 사람은 아무도 없었고, 밤은 그렇게 조용히 깊어갔다.

†

"―오빠. 얼른 일어나세요. 벌써 아침이라구요."

"으, 으음……. 후아아암…… 응? 아이리?!"

다음 날 룩스가 눈을 뜨자, 아이리는 이미 교복으로 갈아입고 휠체어에 앉아있었다.

아무래도 이틀 동안 급속도로 회복한 모양이었다.

"Yes. 좋은 아침입니다."

룩스가 자는 사이에 찾아온 녹트에게 도움을 받긴 했지만, 몸단장 정도는 할 수 있게 된 듯했다.

"오늘 일정은 성채 도시 시장과의 회담. 그리고 유적 경비병들과 경비 상황에 관해 상담하는 거예요. 물론 디스트 경과 세리스 선배도 동석할 거고요."

"……응?"

휠체어에 앉아 허리를 곧게 세운 아이리는 오늘의 일정을 척척 얘기했다. 어제까지와 대폭 달라진 그녀의 태도에 룩스는 당황을 감추지 못했다.

"저기, 몸은 괜찮은 거야?"

"보다시피— 사이사이 휴식하면서 일상생활을 하는 정도라면 문제없어요. 그보다, 정신 바짝 차리는 게 좋을걸요? 앞으로 오빠의 스케줄은 제가 관리할 거니까요."

"뭐어어……?!"

경악하는 룩스를 보며 아이리는 말을 계속했다.

"반응이 왜 그래요? 싫은가요? 한계까지 지쳐도 계속 무리하는 오빠가, 제 의견을 반대하는 건가요?"

아이리는 의미심장한 도끼눈으로 룩스를 째려보았다.

그래서 룩스는 더 이상 아무런 반론도 할 수 없었다.

"그럼, 우선 씻고 몸단장을 해주세요. 출발시간은 트라이어드에게 전해둘 테니까 녹트의 지시를 따라주세요."

"아, 응……. 그렇게 할게."

룩스는 당황하면서도 납득한 표정으로 끄덕였다.

†

룩스가 방에서 나가자 아이리는 한숨을 토해냈다.

이틀 전까지만 해도 룩스와 거리를 두려는 분위기를 풍기던 아이리가 훨씬 더 적극적으로 변했다.

그 변화를 알아차린 녹트가 물어보았다.

"자유를 되찾은 몸으로 하고 싶은 일을 찾아냈나요?"

"—네. 역시 오빠가 걱정돼서 내버려 둘 수가 있어야죠."

아이리는 의기양양하게 대답하며 쿡쿡 웃었다.

이제까지 해왔던 대로, 아니 그 이상으로— 앞으로도 룩스를 지탱해주겠다고, 표정이 그렇게 말했다.

아이리의 뜻을 헤아린 녹트의 입가에 자그마한 미소가 걸렸다.

"잘 생각했어요. 저도 모시는 보람이 있겠네요. 그런데 아이리— 어젯밤에 단둘이 보내는 동안 무슨 일이 있지는 않았겠죠?"

"……질문의 요지가 뭔가요? 저는 그냥 평소처럼 보냈는데."

아이리는 녹트의 시선을 피하며 대답했다.

"남매니까 스킨십 정도는 가끔 해요. 괜히 그런 걸로 이상한 오해하지 마세요."

"Yes. 이건 각별히 주의해야 할 듯한 예감이 드는군요."

"아니, 왜 말하기가 무섭게 오해하는 건가요!"

득달같이 따지는 아이리. 진지한 표정으로 그걸 흘려넘기는 녹트.

아이리는 죄인의 신분에서 벗어나 자유를 되찾았고, 다음 목표를 찾아내서 걷기 시작했다.

맑고 푸른 겨울 하늘 아래, 봄의 방문을 알리는 햇살이 쏟아져 내린다.

Episode 5 종자는 신왕국의 왕비가 된다? (요루카 편)

후길과의 결전에서 승리하고, 리샤와 디스트 경과 논의한 끝에 룩스가 국왕이 되는 것이 결정되어— 왕도에서 발표하는 날까지 한 달 남짓 남았을 무렵.

이미 요인들에게 내부 사정을 알리고, 공무 수행차 국내외 곳곳을 돌아다니는 그런 시기.

어느 깊은 밤, 룩스는 아무도 없는 학원 중앙정원에서 불쑥 혼잣말을 내뱉었다.

"—요루카, 근처에 있지?"

돌아오는 대답은 없었다.

하지만 고요한 밤공기 속에서 미미한 기척이 느껴졌다.

최종 결전이 끝나고, 룩스가 크루루시퍼의 제안을 받아들여 모두와 약혼한 뒤로— 무슨 이유인지 요루카는 룩스 앞에 나타나지 않게 됐다.

일단 학원에는 간간이 얼굴을 비추는 듯했지만, 우연인지 고의인지 룩스는 그녀의 모습을 볼 기회가 전혀 없었다.

물론 룩스도 그간 공무 수행 및 다른 소녀들과 어울리느라 여유가 없었고, 요루카가 그렇게 행동하는 이유로 짐작 가는 바가 있어서 그동안 굳이 찾으려고 하진 않았지만— 슬슬 요루카의 존재를 확인할 때가 됐다는 생각이 들었다.

그래서 이렇게 불러본 것이었는데—.

"역시, 다른 데로 간 걸까?"

"제게 분부하실 일이라도 있으신지요? —주인님."

"우왓?!"

별안간 등 뒤에서 들려온 목소리에 룩스는 소스라치게 놀랐다.

독특한 흑의를 입은 소녀가 요염한 미소를 머금고 다소곳하게 서 있었다.

룩스는 몇 초가량 굳어 있다가 간신히 입을 열었다.

"있잖아, 요 며칠 동안—."

"네."

"혹시 날 미행했어?"

룩스가 그렇게 생각한 이유는 두 가지였다. 하나는 최근 열흘 정도 요루카의 모습을 전혀 보지 못했다는 것.

그리고 다른 하나는 때때로 누군가가 자신을 감시하는 듯한 낌새를 느꼈기 때문이다.

아마도 예전의 룩스였다면 알아채지 못했을 것이다.

『창조주』들과 싸우는 과정에서 엘릭시르를 몸에 부여하는 강화수술— 『세례』를 받아 육체가 강화되고 오감이 예민해진 덕분이었다.

그래서 구체적으로 표현할 순 없지만, 이제까지 느끼지 못했던 희미한 기척을 느낄 수 있게 됐다.

"아니요. 주인님께 그런 무례한 짓을 한 적은 없사옵니다."
"어, 어라……?"
그러나 요루카가 해맑게 웃으며 대답했기 때문에 룩스는 당황했다.
아무래도 기분 탓이었던 모양이다.
'자신, 있었는데 말이야……. 그냥 신경이 너무 예민해졌을 뿐인가…….'
자신은 차기 국왕 자리에 앉은 데다가 — 국민에게는 정식으로 발표하기 전이지만 — 유적과 깊은 관련이 있는 몸이다.
그런 인식에서 비롯된 허상에 룩스의 경계심이 반응했을 뿐일지도 모른다.
'아니, 잠깐만. 그럼 지금까지 느낀 기척이 요루카가 아니었다면—.'
제삼자가 룩스를 멀리서 감시했을 가능성이 있다.
거기까지 생각이 미친 룩스가 표정을 굳힌 찰나.
"저는 주인님의 옥체를 염려하여 지켜보고 있었을 뿐이어요. 그걸 미행이라 생각하셨다니, 가슴이 아프옵니다."
요루카는 만면 가득 미소를 지으며 그렇게 말했다.
진심으로 자신의 행위에 일말의 의심도 품고 있지 않은 표정이었다.
"……하아."
예상이 적중했다.
"그건 그렇고 역시 주인님이시군요. 누구도 알아차리지 못하도록 숨었건만— 저도 더 정진할 필요가 있겠네요."

자초지종을 들어보니 아무래도 트라이어드와 아이리는 요루카의 잠복을 알고 있던 모양이다.

좀 더 자세히 설명하자면— 최종 결전이 끝난 이후로 룩스의 호위 방침을 아이리를 포함한 네 명이 상의한 끝에 결정한 듯했다.

룩스에게는 알리지 않고, 그녀들의 판단하에.

『공식적인 호위』는 트라이어드 삼인조가 담당.

뒤에서는 요루카가 몰래 룩스의 주위를 감시.

요루카의 존재와 실력을 아는 사람은 전 세계를 통틀어 극히 드물다. 그러니 만약에 룩스를 노리는 무리가 새로 나타난다면 트라이어드만 호위를 맡고 있다고 착각할 것이다.

그렇게 오판한 적대자가 감시망을 뚫고 접근했을 때— 숨어 있던 요루카가 처리한다.

그런 이중 덫을 놓아 룩스를 호위하고 있던 모양이다.

룩스에게 작전을 알리지 않은 이유는, 알게 되면 아무래도 안심감이 드러나기 때문에 본인이 알아차리기 전까지는 비밀로 하고 싶었다고 한다.

"전부 주인님의 옥체를 지키기 위한 것이었으니, 부디 무례를 용서하소서."

"그랬구나. 뭐, 그럼 다행이지만……."

수수께끼는 풀렸지만, 이번에 룩스가 요루카를 부른 이유는 그게 아니었다.

오히려 진짜 목적은 다른 데에 있었다.

"저번에 한 얘기, 생각해봤어?"

"……."

요루카는 미소를 유지한 채 입을 다물었다.

룩스의 충실한 하인인 그녀는 거짓말을 하거나 은근슬쩍 넘어갈 수 없는 것이리라.

"설마, 곤란한 거야?"

"아니요. 그렇지 않사옵니다. 주인님과— 혼례를 올리는 것과 관련된 이야기가 맞는지요?"

기억하고 있었다.

애초에 그 이후로 요루카와 제대로 만나지 않았으니 어떤 의미로는 당연할지도 모르지만.

그렇다— 크루루시퍼가 다섯 명과 약혼하라고 제안한 그날, 다른 소녀들은 거의 바로 대답했다.

그러나 유일하게 요루카만이 거부하지는 않되 룩스의 뜻을 따르겠다고 대답했고, 구체적인 시기나 방식을 제시하지 않았다.

그리고 지금에 이르렀다.

향후 룩스가 다섯 명의 왕비를 맞이하기로 한 것을 정식으로 발표하기 위해서는 요루카 본인과 세부사항을 정해야 한다.

《우로보로스》의 신장 때문에 반복되었던 사흘간의 퍼레이드.

다른 소녀들이 그랬듯이 요루카 또한 룩스와 맺어졌다.

모국의 공주로 태어나 어릴 때부터 인간의 마음이 없는 인외의 존재로 여겨지며 두려움을 샀지만, 어느새 룩스를 사랑한다는 감정이 싹트게 된 소녀.

도구가 아닌 한 명의 인간으로서 곁에 있어 주기를 바란다는 룩스의 부탁에— 그 진심에 부응해서 서로 마음을 나누었다.

두 사람은 그날 밤, 틀림없이 맺어졌을 터였다.

"혹시…… 마음이, 바뀐 거야?"

룩스는 마음에 걸리던 문제를 조심스럽게 물어보았다.

휘잉—.

싸늘한 겨울 밤바람이 두 사람밖에 없는 중앙정원에 잠시 침묵을 가져다 주었다.

생각할 수 있는 건 그것밖에 없었다.

룩스와 맺어지기를 바라던 요루카가, 그 제안 후에 모습을 감춘 이유—.

단순히 호위상 문제만이 아니라, 룩스를 향한 요루카의 마음이 바뀐 것일지도 모른다.

룩스는 불안한 마음으로 소녀의 대답을 기다렸지만—.

"그런 게— 아니랍니다."

요루카는 여느 때처럼 티없이 맑은 미소를 지으며 망설임 없이 대답했다.

"저는 여전히 주인님을 사모하고 있사옵니다."

그 표정에서 거짓말이나 숨은 뜻은 느껴지지 않았다.

룩스는 내심 안도하며 계속해서 물어보았다.

"그럼, 어째서야……?"

"주인님께 죄송한 말씀이지만, 사실 저는 왕비가 되는 것이

썩 내키지는 않사와요."

"어?"

직전에 한 대답과 모순되는 이유였다.

하지만 요루카는 곧바로 답을 알려주었다.

"정부나 첩이라면 기꺼이 받아들이겠습니다만—."

"어, 음, 그게 무슨 말이야?"

사근사근하게 말하는 요루카를 보면서 룩스는 당황했다.

곰곰이 생각해봐도 그 의미를 알 수 없었다.

"앞으로 주인님께 필요한 것은 품속의 비수이옵니다. 그런데 제가 왕비라는 자리에 앉게 되면, 그 사명을 수행할 수 없게 되지요."

"……그 얘기는, 설마……."

잠시 생각한 룩스는 그녀가 말하고자 하는 바를 파악했다.

요루카가 그 제안 뒤에 약혼만 승낙하고, 왕비 이야기를 할 때는 한 발짝 물러났던 이유.

조금 전까지 잠복한 채 룩스의 호위를 맡았던 요루카의 모습에서 답을 도출할 수 있었다.

"주인님께서 국왕이라는 지위에 오르시고 왕비를 여럿 맞이하시면, 내외를 불문하고 반드시 누군가가 목숨을 노릴 것이어요. 그런데 제가 왕비가 된다면, 주인님을 위험케하는 요인을 배제하는 사명을 제대로 수행할 수 없으리라 생각하옵니다."

"그렇지……."

않아.

그렇게 단언할 수 없었다.

단지 요인이라는 이유만으로 암살의 위협은 따라다니기 마련이다.

특히 중요한 인물과 혼인하면 할수록 그만큼 리스크가 크게 증가한다.

이는 선악과 무관한 문제로, 커다란 이해관계를 다루는 지위에 앉은 사람이라면 으레 겪게 되는 일이다.

황족의 막내로서 유소년기를 보낸 룩스는 그 점을 잘 알았다.

때문에 그 주장 자체는 부정할 수 없었다.

"뿐만 아니라— 앞으로 주인님의 적이 늘어나면, 그들을 처리할 역할도 필요하기 마련이어요. 그때, 제가 바깥 무대에 있다면 여러모로 귀찮게 되겠지요."

"……."

적대세력 처리.

고향인 고도국이 멸망한 후 아카디아 제국의 암살자로 살아온 요루카가 그런 발상을 떠올리는 것은 자연스러운 흐름이라 할 수 있으리라.

요루카의 생각은 사무칠 정도로 잘 알았다. 어떤 면에서는 그것이 올바른 판단이라는 것도 안다.

하지만—.

"그럼 요루카는 나를 위해서— 구태여 그늘이 드리운 길을 걷겠다는 거야?"

룩스는 소녀의 양쪽 색이 다른 아름다운 눈동자를 응시하며 질문했다.

요루카 역시 룩스를 똑바로 마주보며 대답했다.

"제 숙원을 이루기 위해서는 그 길이 제일 쉬울 뿐이어요. 그러므로 주인님께서 그 일로 마음을 쓰실 필요는 없사옵니다."

요루카의 표정을 보건대 틀림없는 진심일 것이다.

애초에 요루카는 직함이나 명성에 집착하지 않는다.

그저 자신이 해야만 하는 일을 충실하게 수행할 따름이다. 일개 도구로써 사명을 완수하는 것을 삶의 보람으로 받아들인다.

따라서 왕비로 간택 받지 않는 것이 요루카 본인에게는 오히려 나은 일일 것이다.

"그래도, 나는……."

하지만 룩스는 싫었다.

"요루카가 정식으로 왕비가 되어주길 바래."

정부, 혹은 첩 등의 자리에 앉더라도 그녀의 태도나 하는 일은 필시 달라지지 않으리라.

물론 룩스와의 관계도 지금까지와 같을 것이다.

그럴지라도— 그렇게 할 필요가 있었다.

"이유가 무엇인가요?"

요루카는 웬일로 어리둥절한 표정을 보이며 고개를 갸웃했다.

그리고 룩스는 논리가 아닌 충동을 따라 대답했다.

"내가— 원하니까."

"……."

"너를, 정식 왕비로 맞이하고 싶어. 나를 지키는 그림자가 아니라, 다른 모습으로 곁에 있어 주었으면 좋겠어."

"……."

굳이 논리적인 이유를 붙이자면, 요루카를 언제든 쓰고 버릴 수 있는 자리에 두고 싶지 않았다.

왕비로 맞이하게 된 다른 소녀들과 마찬가지로 요루카와 서로 사랑을 속삭인 이상, 결코 그녀 혼자만 그늘에 둘 수는 없었다.

그것이 설령 요루카 본인이 바라는 바라고 해도.

"저는, 정부 또는 첩의 자리가 마음에 드는데도요?"

"그래도 부탁해. 내 왕비가 되어줘."

"저는, 궁정 생활이 익숙하지 않사옵니다. 주인님께서도 잘 알고 계시듯이."

"그렇게 긴장하지 않아도 돼. 나도 옆에서 도와줄 거고."

"성내에서 일거수일투족을 드러내야 하게 되면, 주인님을 지키는 제 사명을 수행할 수 없사와요."

"이제 그런 건 안 해도 돼."

여러 말이 오가는 가운데 룩스는 힘차게 단언했다.

"나를 지키고 싶다면, 앞으로는 왕비라는 자리에서 해주는 거면 충분해. 그 이상은 안 해도 괜찮아. 그게— 내 소원이야."

빛이 닿는 곳에 있으면 요루카도 무모한 짓은 할 수 없게 된다.

하지만 앞으로는 그렇게 살아주었으면 한다는 소원이 있었다.

룩스를 위해 죽음을 불사하고 싱글렌에게 도전했을 때나, 혹은 자기 자신을 가장 먼저 버리려고 하는 짓을 하지 못하도록.

"하지만— 그로 인해 주인님을 지키지 못하게 된다면, 저는 살아갈 이유를 잃게 되옵니다."

요루카는 숨은 뜻이 있는 듯한 미소를 지으며 반론했다.

"그러니 송구하지만, 주인님의 기대에 부응해드릴 수는 없사와요."

"내 명령이라도?"

"네. 이것도 주인님을 위한 것이옵니다."

만면 가득 웃는 요루카를 보고 룩스도 따라서 미소를 지었다.

요루카는 말로는 룩스를 부정했지만, 사실상 감정을 표출한 거나 다름없었다.

이제 그녀는 맹목적이고 충실하게 무슨 명령이든 해내는 도구가 아니다. 요루카는 요루카 나름대로, 자신의 의지로, 룩스를 배려하며 대답할 수 있게 되었다.

그 사실이— 요루카가 룩스에게 인간적인 감정을 보여주게 되었다는 것이 무척 기뻤다.

"그럼 어떻게 해야 소원을 들어줄 거야?"

그래도 룩스는 포기하지 않고 설득을 시도했다.

"글쎄요. 주인님께서 누군가에게 노림받는 처지가 아니게 된다면, 저도 평범한 사람으로서 곁에 있도록 하겠사옵니다."

그리고 요루카도 뜻을 굽히지 않았다.

룩스가 목숨을 노림받는 입장에서 해방되는 순간은 당분간— 아니, 평생 찾아오지 않으리라.

유적과 깊은 관계라는 것만으로도 피할 수 없는 운명이다.
그러므로 아마 그녀의 결의를 뒤집는 것은 불가능하리라.
지금의 룩스를 제외한 사람이라면 말이다.
"그럼 날 그렇게 하면서까지 지킬 필요가 없어지면, 왕비가 돼도 괜찮다는 뜻이야?"
거기서 룩스는 대화의 방향을 바꾸었다.
"무슨 말씀이신지요?"
룩스는 고개를 갸웃하며 되묻는 요루카 쪽으로 다가갔다.
"실은— 요즘 시찰 다니면서 요루카의 존재를 느낄 수 있었어."
자신만만하고 올곧은 시선으로 요루카를 응시했다.
"『세례』 덕분에 예전보다 오감이 날카로워졌거든. 참고로 묻겠는데, 너와 같은 수준으로 기척을 죽일 수 있는 사람을 본 적 있어?"
"제가 아는 한, 없습니다만—."
"그러니까 내가 암살당할 위험은 여간해선 없을 거야. 그야말로 요루카에 버금가는 달인이 오더라도, 내 목숨 정도는 챙길 자신이 있어."
그러니 요루카가 그렇게까지 『그림자』를 고집할 필요는 없다고 룩스는 지적했다.
그 의미와 의도는 요루카도 바로 이해한 듯했지만—.
"도무지 이해가 안 되어요. 왕비라는 자리가 주인님께 그토록 특별한 것인지요? 저를 억지로 설복하신들, 실제로 달라지는 바는 없을 것으로 사료하옵니다만."

룩스의 의도를 알아차린 요루카는 온화한 표정으로 대답했다.

"이건 내 고집이고, 내가 그렇게 하고 싶을 뿐이야. 요루카도 그런 입장에서 살아봤으면 해. 나와, 우리와 좀 더 같은 입장을 공유했으면 해."

그림자로서, 그녀에게만 위험한 일을 맡기고 싶지 않았다.

편리한 도구처럼 취급하고 싶지 않았다.

요루카가 그걸 진심으로 바란다고 해도, 룩스는 그러고 싶지 않았다.

"정말, 제 동생을 닮으셨군요. 주인님은—."

요루카는 요염한 미소를 흘리며 허리에 찬 기공각검(소드 디바이스)에 손을 얹었다.

"하지만 그렇기 때문에 같은 전철을 밟을 수는 없사옵니다."

과거에 동생이 살해당했을 때와 같은 운명을 반복할 수는 없다고.

요루카는 보라색 마안을 반짝이며 룩스에게 말했다.

"어떻게 하면 안심해줄래?"

"—오늘 밤은 좋은 바람이 부는군요."

갑자기 시선을 돌린 요루카는 휘황찬란한 달빛이 쏟아지는 밤하늘을 올려다보았다.

"다음 이야기는, 이쪽에서 하도록 하지요."

요루카는 달콤한 속삭임을 남기고 등을 돌려 걸음을 떼었다.

소녀가 룩스를 데리고 간 곳은 학원 내에 마련된 훈련장이었다.

†

"주인님의 뜻에 따르겠사옵니다. 『두 가지 대결』에서 저를 이기신다면 말이지요—."

요루카는 그렇게 선언하며 기공각검을 뽑고 신장기룡 《야토노카미》를 불러냈다.

룩스도 말없이 자신의 검대에서 《바하무트》의 기공각검을 뽑았다.

서로 기룡 장착을 마친 것을 확인한 후, 거리를 두고 조용히 자세를 잡았다.

최종 결전 이후로 룩스가 전투 목적으로 《바하무트》를 두른 것은— 아니, 제대로 싸워보는 것조차도 한 달 만이다.

요루카가 다루는 《야토노카미》의 움직임은 조용했다.

예비 동작도 없이 사뿐히 걸으며 눈치 못 챈 사이에 거리를 좁혔다.

"첫 번째는 장갑기룡 대결. 두 번째는 이게 끝난 뒤에 알려드리겠사옵니다."

'진심이구나, 요루카—.'

그녀가 룩스에게 제안한 테스트.

그중 하나는 기룡 전투다.

룩스가 그녀의 힘을 빌리지 않아도 스스로를 지킬 수 있다고 한 말은 허세나 거짓말이 아니었지만—.

"……후우."

룩스는 요루카와 대치하고 나서야 자신의 생각이 짧았음을 깨달았다.

자신과 비등한 실력을 지닌 소녀와 싸울 정도의 각오는 없었다. 즐비한 강적을 쓰러뜨리고 강력한 동료를 얻어서 자기도 모르는 새 정신이 해이해졌다.

'그렇구나. 요루카는 그걸 깨닫게 해주려고…….'

룩스는 그 사실을 대치하면서 알아차렸다.

그녀가 노리는 바는 잘 보였다.

『세례』를 받은 보라색 마안으로 의식 사이의 틈을 간파하고 공격하는 절기— 각격.

룩스가 일격을 허용하고 주춤하면 신장 《금주부호(스펠 코드)》로 기룡의 통제권을 빼앗을 것이다.

첫 공격을 허용하는 순간, 그대로 끝이다.

그리고 그것은 무의식을 노리기 때문에 회피가 불가능한 공격이다.

그러나 완벽한 무의식에 들어서는 시간은 찰나에 불과하다. 다시 말해서—.

'일정한 거리를 꾸준히 유지하고 사정권에 들어가지만 않으면— 요루카의 각격을 막을 수 있어.'

룩스의 호흡을 읽고 의식의 간극을 공격하는 그 잠깐 사이에 룩스는 의식을 되찾고 방어할 수 있다.

즉— 거리를 유지한 채 싸우면 된다.

"간다, 요루카!"

"네, 주인님."

룩스는 개시를 선언하고 대거를 던져 요루카를 견제했다.

당연하지만 《야토노카미》가 가진 카타나 형태의 블레이드에 튕겨 나갔다.

룩스도 명중할 거라고 생각하진 않았다.

요루카와 거리를 두고 투척하면 명중할 때까지 시간이 걸리므로 쉽게 막을 수 있다.

"—부족하군요. 좀 더 가까이 다가오시지요."

룩스가 현재 보유한 대거는 총 여섯 자루. 하지만 《공명파동(링커 펄스)》으로 땅에 떨어진 대거를 회수해서 다시 투척했다. 그리고 기룡포효(하울링 로어) 등을 병용하며 히트 앤드 어웨이를 반복했다.

요루카가 수비하는 동안에는 의식의 간극을 찔릴 걱정은 없다.

딱 한순간만 요루카에게 근접 공격을 가하고 《금주부호》의 간섭을 피하기 위해 멀어진다.

그렇게 어떻게든 간격을 유지했다.

"후후……."

그러나 요루카는 각격이 봉쇄당했음에도 불구하고 요염한 미소를 지우지 않았다.

룩스의 노림수 정도는 이 잠깐의 공방 사이에 모조리 꿰뚫어 본 것이리라.

'위험해……!'

조금 전까지만 해도 요루카의 간격 내에만 들어가지 않으면 각격을 막을 수 있다고 생각했다.

—하지만 그건 어디까지나 이론상 그렇다는 얘기다.

요루카 같은 달인을 상대로 《야토노카미》의 간격 내에 들어가지 않으면서 전투를 속행하려면 그것만으로도 엄청난 체력과 집중력이 필요하다.

뿐만 아니라 공격도 소극적으로 할 수밖에 없기 때문에 결정적인 타격도 하지 못한다.

그러나 요루카라고 여유롭지는 않을 터였다.

보라색 마안을 지속적으로 사용하며 룩스의 의식을 읽는 것에 집중하면 그것만으로 피로가 쌓인다.

하지만— 요루카는 자신의 전술을 각격 하나로 제한했다.

어떤 검술을 구사하더라도 룩스와 동급으로 싸울 수 있을 테지만— 확실하게 승리하기 위해서 특화된 전술을 선택한 것이리라.

어떤 의미에서는 고집과 고집의 맞대결이었다.

사랑하는 룩스를 지키고 싶기 때문에— 요루카는 자기 자신을 유능한 도구로 만들 작정이었다.

설령 왕비로서 곁에 있게 되지 못하더라도 룩스를 위험에 노출시키는 것보다 몇 배는 낫다고 생각했다.

—한편, 룩스는 반대로 생각했다.

요루카를 도구로 취급하고 싶지 않았다.

도구가 되는 것이 요루카가 소망하는 바라고 해도, 그걸 한 번 허락하는 순간 룩스도 사리사욕을 위해서 요루카를 이용하던 구제국과 다를 바가 없게 되니까.

그녀를 희생하며 살아가는 걸 당연한 것으로 여기게 될 테니까.

'어설픈 생각이라는 건 잘 알아. 그래도—.'

그 싸움에 도전하는 것이, 그리고 이겨내는 것이 앞으로 룩스가 해결해야 할 과제이자 인생의 목표다.

그 퍼레이드 때 싹튼 유대를, 추억을 책임지기 위해 요루카를 쓰러뜨릴 각오를 다졌다.

"주인님의 마음이— 무척이나 기쁘옵니다."

요루카는 《야토노카미》의 블레이드를 허리 높이로 들고 자세를 잡았다.

서로 눈싸움을 하며 대치하는 상황에서 서서히 거리를 좁혔다.

"하오나 제게도 양보할 수 없는 것이 있사와요."

요루카의 소원은 자신의 몸을 바쳐서라도 룩스를 지키는 것.

요루카는 그것이 자신의 행복이라고 굳게 믿고 있다. 하지만—.

"요루카……?!"

룩스가 호응하는 것처럼 중얼거린 순간, 눈앞에서 요루카의 모습이 사라졌다.

이해할 수 없는 상황에 룩스의 사고가 잠시 정지했다.

하지만 『세례』를 받아 가속된 사고력으로 불과 1초 만에 무슨 일이 일어났는지 이해했다.

'이건— 각격?! 하지만 이제껏 본 적 없는 방식인데…… 신형인가!'

본디 각격은 상대방의 의식의 간극을 간파하고 무방비한 상태에서 공격하는 기술.

하지만 한달음에 접근할 수 없는 거리에 있는 상대에게는 쓸 수 없다.

그러므로 룩스는 지금, 각격을 경계하지 않아도 되는 상황이었다.

그러나—.

'각격을 자신의 모습을 감추는 용도로 시전하다니……!'

룩스의 의식이 끊기는 순간을 간파해서 사각지대로 이동하고 특장형의 은폐 기능을 작동해서 모습을 감추었다.

오른쪽인가, 왼쪽인가. 배후인가, 아니면 머리 위인가.

다시 1초 후. 룩스가 온갖 가능성에 신경을 곤두세운 다음 순간, 아무것도 없는 정면 허공에서 소리가 폭발했다.

콰앙—!

지면을 덮은 흙이 사방으로 튀더니 정면에 숨어있던 요루카가 룩스를 향해 뛰어들었다.

상대의 의식이 끊긴 순간을 노려 모습을 감추고 숨는다. 그 뒤에는 발각당할 위험을 피하기 위해 부동자세로 기다리다가— 두 번째 의식의 간극을 노려서 특장형의 스텝으로 강습한다.

"이것이— 각영(刻影)이옵니다. 간격 바깥에서도 벨 수단은 있답니다."

"크—?!"

첫 번째를 은신용으로 써서 거리를 좁히고, 두 번째에 적을 벤다.

룩스는 싸움의 천재인 요루카의 끝이 보이지 않는 능력에 경탄했다.

허를 찔려 선공을 허락하고 말았다.

룩스는 회피도 대처도 불가능한 상황에 빠졌다.

채애애앵—!

간발의 차이로 《바하무트》의 대검으로 방어했지만, 그 탓에 서로의 검이 맞닿고 말았다.

"여기까지로군요, 주인님— 《금주부호(스펠 코드)》."

요루카가 우아하게 웃으며 신장을 발동했다.

완벽하게 선수를 빼앗긴 룩스는 반격을 시도할 기회조차 없었다.

그리고 맞닿은 칼날을 통해 《야토노카미》의 신장이 주입되고, 《바하무트》의 제어권을 강탈— 해야 했으나.

파카아아앙……!

"윽……?!"

직후, 《야토노카미》가 휘두른 카타나형 특대 블레이드가 두 동강 났다.

두 검의 접점이 사라진 순간, 룩스는 방어를 위해 들었던 검을 그대로 휘둘렀다.

“—신속제어(퀵 드로우).”

대검이 《야토노카미》의 장벽을 가르고 어깨 장갑을 스쳤다.

환창기핵에 충격을 받은 《야토노카미》가 해제되고, 요루카의 검은 옷이 달빛에 드러났다.

“주인님도 짓궂은 면모가 있으시네요. 덫이었군요— 처음부터.”

“응. 네 각격을 이기려면 그 수밖에 없다고 생각했거든.”

룩스는 맑게 웃는 요루카를 보며 대답했다.

처음부터 요루카를 상대로 선제공격을 성공할 수 있을거라곤 생각하지 않았다.

그래서 블레이드에 에너지를 집중한 다음 카운터 극격으로 칼날을 부러뜨리는 쪽을 노렸다.

이 대결 자체가 요루카가 제안한 것.

그렇다면 요루카 쪽에서 룩스에게 자신의 의지를 증명하기 위해 선공에 나설 터다.

거기까지 예상한 룩스의 승리였다.

“하지만 방금 선보인 기술은 전혀 예상 못 했어. 순전히 운이 좋아서 막은 거야.”

겸손이 아니라 진심이었다.

요루카가 각격만으로 싸우겠다는 의지를 드러냈기 때문에 가까스로 승리할 수 있었다.

“내 정신이 해이해지면……. 아니, 앞으로 맞닥뜨리게 될 적도 모르는 사이에 진화한다. 그걸 내게 전하고 싶었던 거겠지.”

룩스는 《바하무트》를 해제하고 요루카에게 손을 뻗어 그녀를 일으켜 세우려고 했다.

하지만 그 순간, 룩스는 위화감을 느꼈다.

등에서 차가운 지면의 감촉이 느껴졌다.

직전까지 요루카를 내려다보고 있었는데, 어느새 요루카가 자신을 내려다보고 있었다.

위치가 뒤집혔음을, 룩스는 깨달았다.

"요루카……?!"

"말씀드렸지요? 두 번째 대결의 내용은, 첫 번째 대결이 끝나면 알려드리겠다고—."

깜짝 놀라 부릅뜬 룩스의 눈에 소녀의 요염한 미소가 비쳤다.

두 번째 대결.

그것은 기룡을 두르지 않은 상황의 기습이었다.

요루카는 룩스 위에 올라타 기공각검 끝을 목에 밀착했다.

그 시점에서— 승패가 정해졌다.

"두 번째는…… 내가 졌어."

룩스가 한숨을 쉬며 양손을 들어 항복을 선언하자 요루카는 기공각검을 거두었다.

"역시 요루카를 이기기에는 아직 부족한 것 같네."

솔직히 이 두 번째 대결 내용을 아예 예상하지 못한 것은 아니다.

공무가 바쁜 탓에 기초 트레이닝을 경시한 건 사실이지만, 그렇지 않았더라도 요루카의 공격을 받아넘기지는 못했으리라.

"1승 1패, 무승부로군요. 그러면— 주인님의 의향에 따를 순 없사옵니다."

무승부로 비겼다.

요루카의 어조는 소기의 목표를 달성해서 기쁜 것처럼 들렸지만, 한편으로는 쓸쓸하게도 들렸다.

그 뒤에는 몸이 차갑게 식어버리기 전에 학원으로 돌아갔다.

†

심야의 학원 응접실.

땀을 닦고, 옷을 갈아입고, 몸에 다치거나 문제있는 곳이 있나 확인한 룩스는 소파에 앉아 요루카와 마주봤다.

거의 모든 학생들이 기숙사로 돌아가서 주위에 인기척은 없다.

두 사람은 뜨거운 홍차로 몸을 녹이면서 비밀 대결을 복기했다.

"그래도— 제 각영을 간파하고 방어한 건 역시 대단하시어요. 다른 이들이라면 처음 보고 회피하지 못했을 것이옵니다."

"아하하……. 그나저나 맨몸 대결에서 쓴 기술은 뭐였어?"

"고도국에 전해져 내려오는 인체의 급소를 찌르는 비술이어요. 제 비장의 수단이지요."

피르히가 사용하는 무술과 다소 통하는 점이 있긴 했지만, 요루카가 선보인 비술은 인체의 급소를 찔러서 신체의 자유를 빼앗을 수 있는 듯했다.

"역시 요루카는 대단하구나. 『세례』로 육체가 강화되었는데도 아직은 못 당하겠네."

순수한 완력은 룩스가 더 세겠지만, 힘을 쓰는 방법에서 간단히 지고 말았다.

"그러면 제 지위는 종전 그대로 유지되는 것으로 알겠사옵니다."

요루카는 흑의를 펄럭이며 소파에서 일어났다.

이로써 이 이야기에 마침표가 찍혔다고 생각한 것이리라.

그러나—.

"응. 당분간은 말이지."

룩스가 그렇게 대답하자 요루카는 입을 떡 벌렸다.

"무슨, 말씀이시온지요?"

"두 번의 대결에서 내가 완승하면 왕비가 되어줄 거지? 그러니까— 나중에 또 도전할게. 좀 더 실력을 키워서."

"아……."

흑의의 소녀는 놀라움을 감추지 못하고 눈을 동그랗게 뜨고서 룩스를 응시했다.

거의 볼 수 없는 표정이라서 귀엽게 느껴졌다.

"그러니까— 그 말씀은……."

"포기 안 할 거야."

룩스는 요루카의 말을 가로막으며 당당하게 미소 지었다.

"장갑기룡 대결은 내가 이겼으니까, 앞으로는 맨손일 때도 더욱 강해질 거야. 요루카가 자신의 마음을 죽이고 도구가 되지 않아도 안심할 수 있을 정도로."

"……."

그것이야말로 룩스의 목표다.

다섯 명의 왕비를 맞이하여 처지가 복잡해지는 바람에 신변의 위기가 늘어나게 될 룩스. 그리고 그런 룩스를 염려한 요루카가 그림자의 삶을 살지 않아도 될 만큼 강해지겠다고 룩스는 선언했다.

요루카가 납득할 수 있도록 노력하겠다고.

"이유가 무엇인가요? 어째서 저 같은 것을 위해서, 그렇게까지—."

"왜냐하면 나는— 요루카가 사람으로 있어주길 바라거든."

인간의 마음이 없는 인외의 공주. 요루카의 양친은 그런 이유로 그녀를 두려워했다.

요루카도 그걸 부정할 생각은 없었다. 가진 능력을 활용해서 자신의 사명을 수행하는 것만으로도 만족했다.

그러나— 룩스는 도구였던 요루카를 인간으로 봐주었다.

그뿐만이 아니라 사랑이라는 감정이 싹튼 요루카에게 사랑한다고 고백했다.

요루카는 십여 초 동안 놀란 표정을 한 채 우두커니 서 있다가 이윽고 룩스의 의지를 받아들인 것처럼 뺨을 붉히며 요염하게 웃었다.

"—당해낼 수가 없군요, 주인님은. 저도 제 사명에는 충실하다고 생각했사옵니다만."

작게 탄식하는 요루카의 몸에서 힘이 빠져나간다.

그녀는 마주보고 앉아있던 룩스 옆에 앉으며 슬며시 어깨를 맞댔다.

"저 같은 것보다 훨씬 고집이 강하시군요. 처음으로 만나 뵀을 때나, 지금이나—."

"그럼 앞으로도 계속 도전을 받아줄 거지?"

향후 두 대결에서 요루카에게 완승을 거두는 날, 정식으로 왕비가 되어달라는 뜻이었다.

"네, 기꺼이 그렇게 하겠사옵니다. 하지만— 쉽지는 않을 것이어요. 적당히 상대하다가 패배해서 주인님을 위험에 노출시킬 수는 없으니까요."

요루카는 키득 웃으며 의미심장하게 중얼거렸다.

"아하하……."

룩스는 쓴웃음을 지을 수밖에 없었다.

기룡전에서는 비등비등하지만, 백병전에서 요루카를 쓰러뜨릴 자신은 아직 없었다.

그래도 어떻게든 실현하자고 결심했다.

다른 소녀들과의 일과 공무도 있으니 간단하지는 않겠지만— 모두가 힘을 합쳐 지켜낸 이 세상에 평화를 가져오기 위한 노력이라면 힘들지 않다.

"그럼 피곤하니까 오늘은 이만 잘…… 헙?!"

룩스가 그렇게 말하며 일어나려던 찰나, 호흡이 정지됐다.

소녀의 부드러운 입술이 포개지는 감촉에 사고가 순간적으로 멈췄다.

비집고 들어오는 뜨거운 혀가, 미끈거리는 타액의 감촉이 뇌수를 마비시킨다.

십여 초에 불과한 소녀의 입맞춤에 의식이 날아가 버렸다.

"이쪽 대결에는, 아직 한참 약하시군요."

뺨에 홍조를 띤 요루카가 참고 있던 숨을 토해내며 미소지었다.

"요루카, 설마…… 잠깐만—?! 여긴, 일단 학원 안……."

심장이 세차게 뛰기 시작한 룩스가 허겁지겁 그녀를 말리려고 했다.

그러나 흑의의 소녀는 멈추지 않았다.

룩스의 손을 붙잡아 움직임을 차단한 후 소파 위에 쓰러뜨렸다.

그대로 재차 입술을 탐닉하면서 부푼 가슴을 밀어붙였다.

"푸핫……! 하아, 하아……!"

아름다운 흑발 소녀가 천천히 흑의를 벗고 상반신의 맨살을 드러냈다.

황홀함과 기대가 한데 섞인 그녀의 표정은 요사스러운 색기를 발산했다.

"주인님 탓이옵니다. 그렇게 정열적으로 사랑을 속삭이신 탓에— 저까지 이상해지고 말았잖아요."

"저기, 요루카……. 혹시 폭주하는 거야? 앗……."

얼굴을 붉힌 룩스는 몸부림쳤다.

© Yuichi Murakami

하지만 요루카의 손가락이 룩스의 가슴을 더듬자 그것만으로 신기한 감각에 사로잡혀 마음과 몸이 따로 놀았다.

소녀의 달콤한 향기가 룩스의 머리를 멍하게 만들었다.

두 사람의 숨결이 코앞에서 섞였다.

횟수를 잊을 정도로 계속해서 입술을 포갰다.

밤의 기온조차 전혀 문제되지 않을 정도로 찰싹 달라붙은 육체는 뜨거웠다.

"사모하옵니다. ―저의 사랑스러운 사람."

한껏 도취된 얼굴로 미소 짓는 요루카를 보고 룩스도 차츰 의식이 몽롱해졌다.

인간의 마음을 갖지 못했다는 이유로 버림받은 인외의 소녀가, 지금은 자신의 의지로 사랑을 부딪치고 있다.

그 서투른 모습이, 풋풋한 마음이, 룩스는 너무나도 사랑스러웠다.

'―역시, 요루카는 인간이었어.'

그 속을 헤아리기가 쉽지 않을 뿐, 소녀는 분명 인간이었다.

처음부터 그렇게 생각했지만, 요루카의 반응을 보니 더욱 기쁘게 다가왔다.

"응. 고마워, 요루카."

지금까지 충실하게 자신을 섬긴 소녀에 대한 감사를, 그리고 만감을 담아 룩스는 말했다.

소녀의 머리카락을 부드럽게 쓰다듬자 요루카는 기쁜 듯 뺨을 맞댔다.

대결로 인한 피로조차 원래부터 없었던 양 느껴지지 않았다.
단둘뿐인 시간은 짧게 느껴졌고, 어느새 룩스의 의식은 암흑 속으로 가라앉았다.

†

모든 체력을 다 써버린 것처럼 나른했다.
"주인님, 안녕히 주무셨사옵니까."
"음, 으으……. 어라? 요루카—?"
정신이 들고 보니 룩스는 침대 위에 있었다.
목조로 된— 익숙한 여자 기숙사의 룩스 전용실.
시곗바늘이 가리키는 시각은 이른 아침이다.
침대 옆 의자에는 교복 차림의 요루카가 앉아서 룩스를 보고 있었다.
'이상하네……. 분명 학원에 있었을 텐데, 언제 기숙사로 돌아와서 잠든 거지?'
요루카를 왕비로 맞이하기 위해 설득하려다가 결투를 벌인 직후까지는 얼추 기억났지만— 그 이후의 기억이 다소 모호했다.
"이제 곧 녹트 씨가 올 테니, 그 전에 작별 인사만이라도 올리겠사옵니다. 저는 앞으로도 기본적으로는 몸을 숨기고 있을 테니까요."
"그 말은 즉—."

요루카가 몸을 숨기는 것에는 특별한 의미가 있다.

도적이나 암살자로부터 룩스를 지키기 위해서 앞으로도 몸을 숨기고 몰래 주위를 경계해주리라.

"역시 저는 주인님의 그림자가 되어 지켜드리고 싶사옵니다."

"그래……."

즉, 현재로서는 왕비가 될 생각이 없다는 얘기다.

"그래도 도전은 또 받아줄 거지?"

그래도 룩스는 요루카를 왕비로 삼는 것을 포기하지 않았다.

백병전 실력으로도 언젠가 그녀를 이겨서 반드시 왕비로 삼을 것이다.

요루카만『예외 취급』하고 싶지 않았다.

침대에서 상반신을 일으킨 룩스가 그렇게 새로이 결의를 다지고 주먹을 불끈 쥐자, 소녀는 호응하듯이 미소지었다.

"언제든지 받아드리겠사옵니다. 저 역시 주인님을 위해 영원토록 검을 갈고닦을 것이오니."

그리고 소녀 또한, 룩스의 실력이 평화에 젖어 둔해지는 걸 막기 위해서, 그의 실력을 더욱 높은 경지로 끌어올리기 위해서 앞으로도 대결에 어울려주겠다고 흔쾌히 승낙했다.

"하오나— 저를 왕비로 맞이하고 싶으시다면 한 가지 다른 수단이 있사와요."

"……뭐?"

교복 차림의 요루카가 어안이 벙벙한 표정으로 고개를 갸웃하는 룩스 곁으로 다가갔다.

그리고 그의 귓가에 오밀조밀한 입술을 대고 달콤하게 속삭였다.

"주인님께서— 저를 잉태시키면 그만이옵니다. 그러면 제아무리 저라고 해도 호위는 불가능하니까요."

"윽—?!"

요루카의 볼이 연한 주홍색으로 물들었다.

직설적인 애정 표현에 룩스도 순식간에 뺨이 달아올랐다.

"잠깐……?!"

"정 급하시다면 그쪽으로 힘을 써보시는 것도 좋을 거랍니다? 이제부터 매일, 어젯밤의 일을 계속하는 것도—."

요루카는 그렇게 말하면서 룩스에게 체중을 싣고 가려진 한쪽 눈으로 곁눈질을 보냈다.

그녀의 정열적인 대시에 이성이 다시금 붕괴하려고 했다.

'위, 위험해!'

이성적으로도 맺어졌기 때문에 룩스는 자신이 요루카의 유혹에 약해졌음을 실감했다.

하지만 여자 기숙사 안에서, 일단은 후배인 소녀와 이 이상 끈적한 행위를 계속할 수는—.

"룩스 씨, 일어나셨나요? 오늘 스케줄 말입니다만…… 아—."

문을 노크한 직후에 들어온 녹트의 목소리가 무언가를 눈치챈 것처럼 변했다.

"Yes. 최근에는 이런 역할만 맡고 있으니, 굳이 자리를 피하지 않고 처음부터 끝까지 지켜볼까 합니다만."

"잠깐만! 지금은 딱히 아무것도 안 해! 괜히 오해하지 마!"

도끼눈을 뜨고 녹트에게 룩스는 허둥지둥 변명했다.

"네, 저는 그래도 괜찮사와요. 그보다 아예 녹트 씨가 함께 하는 것도—."

"오해를 더 키우면 어떡해……!"

인형이었던 소녀는 룩스의 곁에서 하루하루 인간이 되어간다.

그런 매일도 즐거울지도 모른다.

다만 요루카의 거침없는 언동을 보는 한, 설령 왕비가 된다고 해도 고쳐나가야 할 문제가 많을 것 같았다.

Episode 6 친애하는 친위대 친구들 (트라이어드 편)

"—룩스 폐하. 이만 일어나십시오."

"음, 으응……."

초봄의 향기가 감도는 아침 공기.

룩스는 커튼 너머에서 쏟아지는 햇살을 느끼며 꿈결 속 헤메고 있었다.

억양이 없는 냉정한 목소리가 규칙적인 리듬으로 고막을 두드린다.

그 익숙한 목소리에 어렴풋이 눈을 뜨자 흑발 소녀의 얼굴이 보였다.

"기침하실 시간입니다. 그럼 오늘 예정을 말씀드리겠습니다. 우선—."

"자, 잠깐만, 녹트?!"

대번에 의식을 각성한 룩스는 반사적으로 일어나며 소리쳤다.

"……왜 그러십니까? 예정 기상 시각이 맞을 텐데요."

녹트는 여전히 무표정이었지만, 룩스가 이상하게 생각한 점은 그게 아니었다.

이곳은 왕도에 있는 왕성이다.

이제부터 국왕으로서 공무를 인계받을 예정인 룩스는 여러 문, 무관들과 만나 회의, 회담 등을 하기 위해 성채 도시에서 이곳으로 왔다.

이번 일정은 이틀밖에 안 되지만, 왕도에 체류할 예정이므로 그 기간 동안 호위 및 보좌는 트라이어드가 맡게 되었다.

따라서 이 상황 자체는 전혀 이상한 점이 없었으나—.

"그게 아니라, 그 옷차림은—."

룩스는 녹트를 빤히 쳐다보며 물었다.

검은색과 흰색 바탕의 심플한 메이드복과 머리에 쓴 하얀 헤어밴드는 녹트의 성격과 외모와 딱 어울렸다.

"안 어울리나요? 그렇다면 유감이로군요. 종자의 가문인 리플렛 가문 사람에게는 이것이 정장입니다만."

녹트의 표정은 여전히 진지했지만, 기분 탓인지 눈에서는 불만스러운 듯한 기색이 느껴졌다.

"아니, 잘 어울리는데."

"Yes. 안심했습니다. 그럼 폐하, 세면하신 후 옷을 갈아입으십시오. 오늘 입으실 예복은 이미 준비해뒀습니다."

침실 테이블에는 물이 담긴 통과 단정하게 갠 예복이 준비되어 있었다.

일류 시녀임을 자부하는 녹트답게 완벽한 준비였다.

그러나 룩스는 옷을 갈아입기 전에 하고 싶은 말이 한마디 있었다.

"있잖아, 그 『폐하』라는 호칭을 꼭 써야 할까?"

친구로서, 동료로서, 왠지 모르게 서먹서먹하게 느껴졌다.
녹트는 눈매를 좁히면서 황당하다는 투로 대답했다.
"Yes. 룩스 씨는 이제 진정한 왕이 되는 것이므로 주위에 보는 눈이 없더라도 왕성에서는 이렇게 부르는 버릇을 들여서 나쁠 건 없어요. 리플렛 가문 사람으로서 수락할 수는 없습니다."
"……."
녹트가 단호하게 거절하자 룩스는 잠시 생각에 잠겼다.
"미안. 네 말이 맞아. 자각이 부족했어."
그렇게 사과한 후 세면을 마치고 옷을 갈아입었다.
고작 1년간 왕국의 상징 역할을 맡는 것뿐이라고 해도, 생각이 짧았다고 반성했다.
지금의 지위를 자각하고 그에 맞춰 행동하지 않으면 한낱 광대와 다를 바가 없게 될 것이다.
과거에는 황족이었던 몸으로서 라피 여왕 사후에 혼란한 나라를 재건하기 위해 전력을 다하겠다.
그 결심이 일상 속에서 살짝 느슨해졌다.
"아침 식사를 준비해두었으니 이쪽으로 오십시오."
진즉 성 내부 구조를 파악했는지 녹트가 방 밖으로 안내했다.
석조 회랑에는 망토를 걸치고 검대를 찬 샤리스가 서 있었다.
조금 떨어진 자리에 티르파도 있었다.
아마 요루카도 어딘가에 숨어서 감시하고 있겠지만— 룩스의 신상에 위기가 닥치지 않는 한 나타나지 않을 터다.

즉, 체류하는 이틀 동안에는 기본적으로 트라이어드 삼인조만 룩스의 호위를 맡는다.

'좋아. 다시 기합을 넣고, 방심하지 말고 일하자!'

룩스가 가슴을 펴고 식당으로 가는 도중에 녹트가 넌지시 말을 건넸다.

"아, 아까 말씀하신 내용 말입니다만— 성채 도시로 돌아가면 폐하께서 원하시는 대로 불러드리겠습니다."

"응. 고마워, 녹트."

룩스는 그녀의 친구로서의 배려에 고마워하며 차기 국왕으로서의 하루를 시작했다.

오늘도 바쁠 것 같았다.

†

왕도 시찰과 회의만으로 첫날이 지났다.

국방 관련 논의, 지금까지 전투를 치르며 다친 병사들에 대한 보상. 유적 관리와 안정화, 장갑기룡 취급과 관련 있는 문제 등— 회의는 끝날 기미가 보이지 않았다.

물론 각 분야의 전문가가 있으므로 룩스가 하는 일은 의견을 듣고 디스트와 함께 대략적인 지침을 제시하는 정도였지만— 이게 생각처럼 쉬운 문제가 아니었다.

전쟁은 일단락되었으나 국가를 재건하기 위한 과제는 산더미같았다.

『창조주』와의 전쟁에서 세운 무훈을 어필하고, 유적에서 좀 더 자재를 가지고 나오자— 혹은 유적 자체를 이용하자는 주장도 나왔다.

'하지만— 그건 안 돼.'

자신들의 편의를 위해 유적 기술을 활용한다면 확실히 재건 과정에서 큰 어려움을 겪지 않을 것이다.

그러나 영토 내에 세 개의 유적을 보유한 신왕국이 임의로 유적의 자재를 이용한다면 필시 타국도 가만히 있지는 않으리라.

신왕국의 국력만 앞서나가는 것을 우려하여 다른 유적에 불법 침입을 시도할 게 분명하다.

그리고— 다시 유적을 차지하기 위한 전쟁으로 발전하게 될 것이다.

따라서 『창조주』의 생존자인 에이릴이 중립적인 위치에서 관리를 맡게 되었다.

그녀의 허가를 받아 세계에 분배된 장갑기룡의 수량을 조절하면서 차츰 유적을 동결하는 지침을 제시했다.

각국은 이제부터 전투로 인한 손실을 계산해야 하는 시간이 시작된다.

백성들에게 지금 이상의 세금을 부과하고 싶지 않지만, 유적에 의존하지 않는 나라를 만드는 것이 목적인 이상 각오해야 할 필요도 있을 것이다.

그러나 귀족 무관, 문관 중에는 납득하지 못하는 이도 있었다.

사람이라면 자기 자신과 동료만은 구해달라고 간절히 바라는 법이다.

임기가 단 1년에 불과한 명목상 국왕이라고 해도 걱정이 태산같았다.

'라피 여왕 폐하, 리샤 님…….'

두 사람이 그간 짊어져온 것이 얼마나 무거운 것이었는지 룩스는 새삼 실감했다.

기사가 아닌 왕으로서 어디까지 해낼 수 있을지는 알 수 없다.

그래도 앞으로 1년간 가능한 한 최선을 다하자고 결심하며 룩스는 집중해서 공무에 몰두했다.

†

정신없이 공무를 처리하다 보니 순식간에 이틀이 지났다.

성내 휴게실 소파에 축 늘어진 룩스 주위에는 세 명의 소녀가 나란히 서있었다.

"수고했어— 루크찌."

호위기사가 된 티르파가 피로에 찌들어 녹초가 된 룩스에게 말을 건네자 그 옆에 있던 메이드 복장의 녹트가 어이없어하며 핀잔을 주었다.

"티르파. 제 배려를 쓸모없게 만들지 말아주세요."

"아, 그랬지 참. 국왕님, 룩스 님! 폐하!"

서둘러 말을 정정한 갈색 머리 소녀에게서 예의와 긴장감은

티끌만큼도 느껴지지 않았다.

지금은 트라이어드 말고는 주위에 아무도 없으니 크게 문제 될 건 없었지만.

"나 원, 국왕을 놀리는 호위기사라니, 전대미문이라고. 이거 나중에 폐하께 벌을 받을 필요가 있겠는걸."

"앗…… 설마 야한 쪽 벌은 아니지?"

샤리스가 지적하자 티르파는 장난스럽게 받아쳤다.

그 모습을 보고 샤리스는 그늘진 미소를 지으며 말했다.

"직접 처벌하는 사람은 나라고, 티르. 역시 벌을 좀 받아야 정신 차릴 것 같군."

"앗, 장난이었어. 미안…… 반성하겠습니다."

"성채 도시로 돌아가면 일단 가벼운 몸풀기로 연습장을 스무 바퀴쯤 달려볼까?"

"잘못했다니까! 정말로!"

쩔쩔매는 티르파 옆에 있던 룩스는 천천히 일어났다.

그리고 쓴웃음을 지으며 입을 열었다.

"이번에는 열 바퀴면 돼. 대신 앞으로 왕성이나 왕도에서는 조심하도록 해, 티르파."

"어, 그래도 돼?"

울먹이던 티르파가 깜짝 놀라며 룩스에게 되물었다.

"응. 이틀 동안은 이동할 때도 호위 임무를 열심히 수행했으니까. 그래도 지킬 건 지켜야 하니 반만 해."

"와아! 고마우…… 압습니다, 폐하!"

말하는 도중에 샤리스와 녹트에게 어깨를 맞고 급히 궤도를 수정하는 티르파.

샤리스는 고개를 설레설레 내두르고 한숨을 내쉬며 룩스 옆으로 다가갔다.

"온정을 베풀어주셔서 감사합니다, 폐하. 하지만 적당히 조절하셔야 합니다. 이런 실수를 자꾸 눈감아주면 기어오르는 게 인지상정이니까요."

"Yes. 폐하는 너무 다정하신 것 같습니다."

"아하하……. 나도 아직 자각이 부족해서 그런 거니까 차차 고쳐 나아갈게."

솔직히 말하자면 티르파의 격의 없는 말투 덕분에 한결 마음이 편해졌다.

룩스 자신이 차기 국왕이 되기로 결심했기 때문에 호위로 곁에 있게 된 트라이어드 삼인조와 공식적으로 상하 관계가 되었지만, 감정적으로는 그리 내키지 않았다.

그러나 그런 어리광을 부려서는 안 될 것이다.

국왕으로서 업무를 수행할 때, 이렇게 마음이 잘 통하는 동료와 함께 할 수 있는 시점에서 충분히 혜택을 누린다고 할 수 있었다.

그녀들도 원래는 이렇게까지 할 의무는 없었다.

하지만— 세 사람 쪽에서 먼저 룩스의 호위가 되고 싶다는 얘기를 꺼냈다.

그 마음이 정말로 기뻤다.

그러니 이번 여행 중에 그녀들에게 보답해주고 싶다고 룩스는 생각했다.

"폐하, 이제 휴식하실 시간입니다. 목욕 준비를 해두었습니다."

룩스는 녹트가 영양 밸런스를 생각해서 준비한 식사를 먹고, 목욕한 뒤 잠자리에 들었다.

역시 종자 가문의 후예로서 일류가 되는 것이 목표인 그녀는 모든 면에서 완벽했다.

†

왕도에서 이틀간 공무를 무사히 마친 다음 날— 성채 도시 크로스 피드로 돌아가는 날이 왔다.

평소처럼 메이드복을 입은 녹트가 룩스의 방문을 노크하고 안으로 들어갔다.

룩스를 깨우자 뒤이어서 샤리스와 티르파도 들어왔다.

세 사람 모두 학원 교복으로 갈아입고 돌아갈 준비까지 끝내두었다.

원래 일정은 점심때까지 학원으로 돌아가서 오늘, 내일은 성채 도시에서 쉬는 것이었으나—.

"폐하, 여쭐 말씀이 있습니다만—."

녹트는 메이드복 차림으로 종이를 한 장을 내밀며 고개를 갸웃했다.

"어째서인지 스케줄표에 새로운 휴식일이 추가되었는데요."

"응. 돌아가기 전에 관광지에 들러서 푹 쉬었다 가려고."

"……그런 일정은 생각해보지도 않았습니다만."

"그러니 바꿔보는 게 어때? 어차피 이날은 휴일이잖아. 돌아가는 길에 마을도 있으니 좀 놀다 가자."

녹트는 도끼눈을 뜨고 룩스에게서 티르파 쪽으로 시선을 옮겼다.

"전부 티르파 탓입니다. 당신이 생각없이 행동한 탓에 폐하께서 타락하고 만 거예요."

"그것까지 내 탓이야?!"

다짜고짜 죄를 뒤집어씌우자 당황하는 티르파.

"잠깐 기다려 봐."

그때, 리더인 샤리스가 두 사람 사이에 끼어들어 중재하고 룩스 쪽으로 돌아서서 공손히 무릎을 꿇었다.

"폐하, 휴식도 중요한 업무에 들어갑니다만, 그 휴식일은 꼭 필요한 일입니까?"

"그건 알아. 하지만 다음 스케줄에는 한동안 비는 시간이 없잖아?"

실제로 다섯 명의 왕비를 맞이할 예정 때문에 공무도 몇 배로 늘어난 상태다.

"그렇기때문에 드리는 말씀입니다. 관광할 게 아니라, 확실하게 휴식을 취하는 게 어떠신지요."

"물론 쉬어야지. 그러니 도중에 있는 중계 도시에 들를까 싶어. 거기엔 아인그람 상회가 경영하는 대형 여관도 있으니까."

중계 도시란 왕도와 성채 도시 사이에 있는 작은 도시다.

아름다운 자연으로 둘러싸인 곳으로, 관광 명소 및 귀족들의 별장 지대로도 인기가 많아 휴양차 찾아가는 사람도 많다.

룩스는 날품팔이 왕자로 살던 시절에 몇 번 가보았지만, 학원에서 생활하게 된 뒤로는 가보지 않았다.

"저기, 무슨 말씀이신지 전혀 이해가 안 됩니다만."

녹트가 재차 묻자 룩스는 난처한 듯 쓴웃음을 지으며 말했다.

"예전에 얘기했던 졸업여행 말인데, 이번에 하지 않을래?"

그 말에 트라이어드 전원이 눈을 동그랗게 떴다.

†

그로부터 한 시간 후—.

룩스와 트라이어드는 왕도에서 조금 떨어져 있는 중계 도시—스퀘어에 도착했다.

우선 아인그람 상회와 연결된 대형 여관으로 가서 빈 방이 있는지 확인했다.

다른 여관과는 연줄이 없을 뿐더러 보안이 불안하므로 만실이라면 그냥 성채 도시로 돌아갈 생각이었는데, 다행히도 4인실이 딱 하나 남아 있었다.

"다행이네. 운 좋게 딱 비어 있다니."

"Yes. 평소의 행실 덕분일까요."

샤리스가 안도의 한숨을 쉬고 녹트는 따라서 수긍했다.

뒤이어서 티르파가 장난스럽게 웃으며 말했다.

"맘 같아선 더 하고 싶었는데 말야—. 루크찌 공주님 안기 대회."

"아하하……. 아까 그건 좀 부끄러웠어."

"Yes. 룩스 씨 탓도 있지만요."

룩스의 푸념에 녹트가 딴죽을 걸었다.

갑작스럽게 일정을 변경해서 관광 여행에 하루를 쓰기로 한 후 출발하기 직전, 트라이어드는 룩스가 기룡을 두르는 걸 반대했다.

귀중한 휴일을 낭비하면서까지 놀기로 결정한 만큼, 체력을 최대한 아끼기 위해서 트라이어드 삼인조가 교대로 룩스를 안고 이동하기로 했고, 룩스도 그 제안을 순순히 받아들였다.

"그럼 내가 안내해줄 테니까 다들 갈까?"

무사히 체크인을 마치고 숙소에서 나온 룩스는 일행을 이끌고 걸었다. 단 하루에 불과하지만, 트라이어드 삼인조와의 졸업여행이 시작됐다.

룩스가 그렇게 제안한 이유를 알기 위해서는 몇 주 전 어느 날로 거슬러 올라가야 한다.

†

"—졸업여행?"

"그래. 생각 있으면 룩스 군도 함께 가겠어? 전적으로 환영

한다고."

모든 싸움이 일단락된 어느 날의 밤.

룩스는 여자 기숙사 복도에서 트라이어드와 마주쳤고, 샤리스가 그런 얘기를 꺼냈다.

"우리는 기적적으로 멀쩡한 상태로 살아남았고, 트라이어드로서 활동할 수 있는 동안 기념 여행이나 갈까 하거든."

"아하…… 3월이면 샤리스 씨도 졸업하니까요."

샤리스가 졸업하면 트라이어드로서의 활동은 막을 내리게 될 것이다.

애초에 트라이어드란 유격부대『기사단』과 다르게 정식으로 인가받은 팀이 아니다.

사이좋은 소꿉친구 세 명이 함께 행동하기 위해서 만든 동아리 비슷한 것이다.

따라서 누구 한 명이라도 빠지면 팀이 성립되지 않는다.

그걸 알기 때문에 기념으로 여행을 가고 싶은 것이리라.

"그래, 그래~. 어디 관광지에라도 가서 신나게 놀다 올 예정이니까 루크찌도 같이 가자~."

티르파가 스스럼없이 팔짱을 끼며 제안했다.

"정말 괜찮겠어? 내가 끼어들어도."

"Yes. 문제없습니다. 그리고 이제 차기 국왕이 될 룩스 씨의 호위로 입후보할 생각이었으므로, 친목을 도모하는 의미로도 찬성합니다."

"—뭐어?!"

"쉿, 루크찌. 목소리가 너무 커. 아직 왕이 되는 것도 극비 사항이지?"

"아, 응. 그렇긴 한데—."

"그럼 말 나온 김에 우리 방으로 갈까? 비밀 얘기는 거기서 하자고. 홍차와 과자를 곁들여서 말이지."

"Yes. 식당에서 준비해오겠습니다."

샤리스의 지시를 녹트가 충실하게 실행한 덕분에 트라이어드가 쓰는 방에서 다과회가 열렸다.

네 사람은 홍차를 마시며 다시 비밀 이야기를 시작했다.

"어때, 룩스 군. 네가 국왕으로 활동하는 1년 동안— 우리를 호위로 삼아주지 않겠어?"

샤리스의 제안에 놀라 룩스는 눈을 크게 떴다.

"너도 앞으로 1년 동안 본격적으로 차기 국왕으로서 일하게 되겠지. 그리고 왕비가 될 그녀들은 자타공인 대단한 실력자이지만 호위로 삼을 수는 없어."

"그치. 뭐, 루크찌도 당연히 그럴 생각은 없겠지만."

티르파는 머리 뒤로 깍지를 끼며 의미심장한 표정으로 말했다.

"Yes. 총명한 룩스 씨라면 굳이 이유를 설명하지 않아도 아시리라 생각합니다만—."

"뭐, 대충 상상은 가지만……."

마지막으로 녹트의 시선을 받고 룩스는 곤란한 듯 뺨을 긁었다.

그렇다.

리샤, 크루루시퍼, 세리스, 피르히, 요루카.

요루카를 제외하고 국내외를 통틀어 상당한 지위에 있는 네 명이 왕비가 되면 그만큼 그녀들의 처지도 복잡해진다.

그런 그녀들을 왕비로 맞이하면 『호위』로 삼을 수 없다.

하물며 왕비를 동반해야 하는 자리에 다른 왕비를 호위로 데려가는 것은 어불성설이다.

그러므로 따로 호위를 두는 게 필수적이다.

"내키지 않는다면 어쩔 수 없지만. 우리 실력은 아직 왕비들에게는 도저히 못 미치니까. 최종 결전에서도 전혀 활약하지 못했고……."

샤리스는 쓸쓸한 어조로 중얼거렸다.

하지만 룩스는 즉시 고개를 저으며 반박했다.

"그렇지 않아. 트라이어드가 곁에 있어 준다면— 그보다 더 든든할 수는 없을 거야."

"……."

진심에서 우러나온 룩스의 미소에, 세 소녀는 잠시 시선을 빼앗기고 말을 잃었다.

1년간 함께 숱한 사투를 이겨 온 동료들이기에—.

서로를 잘 알고, 신뢰할 수 있는 인연이 있기에—.

굳이 말로 표현하지 않더라도, 룩스의 표정을 통해 잘 알 수 있었다.

트라이어드가 호위를 제안한 것을 진심으로 기쁘게 생각한다는 것을.

"—정말, 위험한 남자라니까."

10초 후, 뺨이 붉게 달아오른 샤리스가 쓴웃음을 지으며 중얼거렸다.

"응?"

"늘 그런 식으로 천연덕스럽게 주위의 여자들을 홀리니까 말이지."

"아, 그치만 여기서 왕비를 더 추가하면 안 된다~?"

"Yes. 끝이 없게 되니까요."

티르파와 녹트도 샤리스에게 지원 사격을 보냈다.

"나, 나도 알거든! 그건 《우로보로스》의 루프 때문이기도 하니까—."

당황하며 받아치던 룩스는 이 대화가 부끄러움을 숨기기 위한 것임을 깨달았다.

샤리스도, 티르파도, 그리고 무표정인 녹트도 기뻐하는 미소를 숨기지 못했다.

그 반응을 속으로 기뻐하면서 룩스는 심호흡을 한 차례 했다.

자세를 똑바로 가다듬고 다시 트라이어드를 바라보았다.

"나도 기꺼이 바라는 바야. 앞으로 1년 동안 잘 부탁해. 다들 고마워."

그다음 날, 룩스는 즉시 트라이어드를 공무 수행 중 호위로 삼겠다는 뜻을 주위에 발표했다.

리샤를 비롯한 다섯 왕비와 아이리, 학원장 렐리, 디스트 경도 흔쾌히 수락했고, 그렇게 트라이어드는 정식으로 룩스의 호위대로 거듭나게 되었다.

†

그리고— 시간은 다시 현재.

룩스와 호위 소녀들은 중계 도시 스퀘어에서 즐거운 한때를 보내는 중이었다.

마차를 타고 관광 명소를 둘러보고, 풍경을 즐기면서 천천히 거리를 거닐었다.

드디어 전쟁이 끝난 덕분에 그간 연기되었던 축제가 때마침 열려서 거리 곳곳의 가게가 시끌벅적했다.

"루크찌, 여기! 여기로 와 봐! 점 한번 보자. 잘 맞는대!"

"보는 건 괜찮지만 좀 무서운걸. 국정 관련으로 나쁜 결과가 나오면 어떡해?"

티르파의 권유에 룩스가 쓴웃음을 지으며 대답하자—.

"그렇다면 우리와 상성이 어떤지 보면 되잖아?"

옆에 있던 샤리스가 그렇게 말하며 밀어붙였기 때문에 결국 보게 되었다.

도중에 극단의 공연을 보고, 점심 식사로 도시의 명물 요리를 먹었다.

식후에 과녁 맞히기 등의 놀이를 하며 겨루었고, 오후에는 다시 마차를 타고 돌아다녔다.

그러다가 들어간 도시의 명소 카지노에서 트라이어드는 돈을 잃었지만, 룩스는 운 좋게 대박을 터뜨려서 밤에는 모두 함께 승리 축하파티를 하기로 했다.

샤리스는 리더답게 놀 때도 룩스를 리드해주었다.

티르파는 룩스가 마음 편히 즐길 수 있도록 시종일관 밝은 미소로 말을 걸며 분위기를 만들어주었다.

녹트는 자질구레한 일들을 착실히 처리하며 섬세한 배려를 발휘해주었다.

그와 더불어 모두가 서서히 꾸밈없는 자기 자신을 보여주게 되었고, 그에 따라 분위기가 풀어졌다.

그렇게 특별할 것 없지만— 한없이 즐거운 하루를 보냈다.

저녁부터는 뒤풀이라는 명목으로 레스토랑에서 음식을 먹고 마시며 한껏 떠들어댔다.

네 사람은 여자 기숙사에서 룩스를 치한으로 오해하고 쫓던 세 사람과 처음 만난 순간부터 최종 결전까지의 추억담을 이야기하며 기쁨을 함께 나누었다.

그리고— 밤.

거리의 불빛이 하나둘씩 꺼지며 어두워지기 시작한 무렵.
드디어 어떤 격식도 따지지 않는 시간이 찾아왔다.

마지막에는 여관 객실에서 마시기로 했다.

이미 꽤 취한 녹트가 룩스에게 잔을 내밀었다.

"룩스 씨, 술을 따라주시겠어요? 아직 더 마시고 싶군요."

"아무리 그래도 너무 과음하는 거 아냐?"

텅 빈 와인병이 몇 개나 주위에 굴러다니고 있다.

와인을 포도 과즙과 물에 섞어서 마시고 있으니 도수가 그리 세지는 않을 테지만, 다들 흥에 겨운 나머지 평소에 비해 도가 지나친 감이 있기는 했다.

"No. 희석한 술이므로 괜찮습니다. 따라주기 싫다면 룩스 씨가 대신 마시겠습니까?"

만취한 녹트가 도끼눈으로 째려보자 룩스는 쓴웃음을 지었다.

기본적으로 녹트는 술을 거의 안 마시는 줄 알았는데, 역시 졸업여행이라서 평소보다 대담해진 듯했다.

논리적인 부분을 남긴 채로 술에 취한 모습이 재미있었다.

"그럼 조금만 더 줄게."

"루크찌, 나도~. 이번엔 날 챙겨달라구. 히끅~."

녹트의 잔에 와인을 따르자 반대쪽에서 티르파가 소매를 잡아당겼다.

덤으로 자신의 팔을 룩스의 목에 감았다.

낮에는 그녀들이 계속 룩스를 배려해줬지만, 지금은 이성이 제법 녹아버린 것 같았다.

처음 보는 면모였지만 그런 그녀들과 보내는 시간도 나쁘지 않았다.

오히려 지금까지 룩스와 어울려준 점을 생각하면, 그녀들의 추억의 테두리 안에 들어가는 게 기뻤다.

친구가 없던 룩스에게는 아마도 그녀들이 첫 친구일 테니까.

"그나저나 곧 있으면 룩스 군이 국왕이 되었다는 사실을 국민들에게 발표하게 되겠군……."

맞은편 소파에 앉은 샤리스가 잔을 흔들며 웃었다.

샤리스는 삼인조 중에서도 이벤트를 특히 좋아하는데, 그래서 술이 센지 다른 두 사람보다는 다소 이성이 남아있는 모양이었다.

"후후, 우리 학원 목욕탕을 엿보고 몰래 들어왔을 때랑 꽤나 다른 입장이 되었네."

"그건 지붕이 무너지는 바람에 떨어진 탓이라고요!"

"아하하하."

룩스는 단호히 부정했지만 샤리스는 웃어넘겼다.

역시 겉으로만 멀쩡해 보일 뿐이지, 꽤 취한 듯했다.

"근데 말야, 루크찌는 애첩 같은 거 만들 생각 없어~?"

눈의 초점이 더욱 흐려진 티르파가 장난스럽게 웃으며 룩스를 올려다보았다.

"아하하. 아무리 나라고 해도 역시 그건 좀…… 헉?!"

룩스가 자조섞인 미소를 지은 직후, 취한 눈으로 빤히 쳐다보던 티르파가 정면에서 그를 끌어안았다.

"난 괜찮아—. 루크찌의 애첩이라면, 되어줄 수 있어—."

"자, 잠깐만 티르파. 진정해. 자기 자신을 좀 더 소중히 여겨야지."

룩스가 당황스러운 와중에 급히 타이르자 티르파는 뺨을 부풀리며 항의했다.

"스스로를 소중히 여기니까 하는 말이거든요—! 그러는 편

이, 행복할 거라 생각하고…….”

“…….”

룩스의 눈이 크게 뜨였다.

그리고 아주 잠깐 공기의 흐름이 멎었지만—.

“자, 그럼 난 슬슬 목욕이나 좀 할까? 어때, 룩스 군도 나랑 같이 하겠어?”

“저기, 너무 과음하셨어요.”

“아참, 잠깐 깜빡했네. 네겐 사랑하는 다섯 명의 왕비가 있으니 우리 같은 호위의 희망사항을 들어줄 순 없겠지.”

샤리스는 앞머리를 쓸어올리며 연기하는 듯한 어조로 너스레를 떨었다.

아무래도 제일 멀쩡해 보였던 그녀마저 약간 성가신 모드에 들어간 것 같았다.

하지만 농담으로라도 함께 목욕할 수는 없었다.

“역시 저는 혼자 먼저 하든지, 맨 마지막에 하든지 할게요.”

그렇게 대답한 순간, 옆에서 술을 홀짝이던 녹트가 룩스의 팔뚝을 껴안았다.

그녀는 뺨이 발그레 달아올랐을 뿐 여전히 무표정이었지만, 부푼 가슴의 감촉에 룩스는 가슴이 뛰었다.

“Yes. 하오나 룩스 씨 혼자 목욕하게 두는 것은, 호위기사의 의무를 방기하는 것과 다름없지 않을까요?”

“뭐?! 녹트까지 무슨 말을 하는 거야?!”

대화가 이상한 방향으로 가속하기 시작해서 룩스는 당황했다.

"뭐 어때, 루크찌. 모처럼 졸업여행까지 왔는데~."

그리고 이번에는 티르파가 반대쪽 팔을 만취한 단단히 붙잡았다.

"……."

룩스는 당황하면서도 필사적으로 생각했다.

세 사람 다 전례가 없을 정도로 취한 탓에 윤리관이 붕괴한 듯했다.

샤리스도 티르파도 녹트도 분명 매력적인 소녀였다.

그러나 룩스는 이 이상 왕비를 늘릴 수는 없기에 선을 확실히 그어야만 한다.

무엇보다도— 고주망태가 돼서 정신없는 그녀들에게 그런 짓을 시킬 수는 없었다.

"있잖아, 함께 목욕하는 대신 모두의 소원을 들어줄 테니 그걸로 넘어가 주면 안 될까?"

"……."

필사적인 마음으로 유혹을 뿌리친 룩스가 쓴웃음을 머금고 제안하자 세 소녀는 서로 얼굴을 마주보았다.

몇 초 후, 도끼눈의 녹트가 작게 속삭였다.

"잠깐 흔들렸군요? 우리와 함께 목욕할지 말지."

"그러게……. 이건 아이리랑 왕비 전하들에게 말해줘야 하겠는걸……."

살짝 깬다는 듯한 표정을 하며 녹트의 말에 맞장구치는 티르파.

"흠…… 이거 자칫하다가는 외도를 하게 될 가능성도 있겠는걸. 차기 국왕 폐하께서 폭주하지 않게끔 우리가 철저히 감시해야 하겠어."

샤리스는 진지한 표정으로 이야기를 정리했다.

아무래도 세 소녀의 콤비네이션에 보기 좋게 걸려든 모양이었다.

"부탁이니까 그만들 해! 그럼 나 먼저 씻고 온다!"

분위기가 달라지고 얼굴이 달아오른 룩스는 그곳을 도망치다시피 빠져나와 1층의 대욕탕으로 향했다.

†

룩스가 목욕하러 간 후, 2층 객실에 남은 트라이어드 삼인조는 서로 마주보고 비밀 대화를 나누었다.

창문을 열고 밤공기를 쐰 덕분인지 아까에 비해서 취기가 조금은 가셨다.

"그래서 티르파, 그 발언은 어디까지 진심이었나요?"

"두 사람이 도와준 덕분에 어떻게든 얼버무렸지만, 비교적 전부 다……."

녹트의 지적에 티르파가 머리를 숙였고, 샤리스가 고개를 끄덕이며 입을 열었다.

"응. 아무래도 오늘 밤에는 다들 도가 지나쳤던 것 같군."

"Yes. 위험했습니다."

세 소녀는 그 이상 아무 말도 나누지 않았다.

말하지 않아도 알았다.

룩스와 맺어질 일은 결코 없겠지만, 룩스를 지탱하는 호위 기사라는 형태로 곁에 있고 싶다고— 서로 상의해서 결정한 바였으니까.

서로 속마음까지 속속들이 아는 동료이기 때문에 말하지 않아도 알 수 있었다.

"참으로 죄가 많은 왕자님이라니까, 룩스 군은."

하지만 트라이어드는 다섯 왕비를 슬프게 하거나, 몰래 룩스와 사랑을 나누는 행각 따위는 절대로 할 생각이 없었다.

그 부분은 친구로서 확실하게 선을 긋고 있었다.

설령 영원히 이루지 못할 소망일지라도, 룩스 곁에서 힘이 되어주는 것이 자신들의 행복임을 자각하고 있었다.

그러므로 미련은 오늘부로 털어내자— 그렇게 생각했을 때, 녹트가 어떤 사실을 깨달았다.

"그런데 룩스 씨가 좀 늦는 것 같지 않나요?"

"헉……?!"

대화하는 사이에 어느덧 시곗바늘이 크게 움직였다.

세 사람은 아직 반쯤 취해 있었지만 정신을 가다듬고 일어났다.

그리고 급히 대욕탕으로 달려갔다.

†

"—음, 이걸 어떻게 해야 할까요?"

"으, 으으음……."

몇 분 후, 샤리스 일행이 발견한 건 1층 대욕탕에서 현기증으로 쓰러진 것으로 보이는 룩스였다. 아무래도 술기운까지 더해져서 살짝 의식을 잃은 것 같았다.

다행히도 호흡이 조금 거칠 뿐 그 이상의 악영향은 없어 보였다.

아무리 『세례』로 신체 기능이 강화되었다고 해도, 목욕을 오래 하면 현기증이 나는 듯했다.

"서늘한 곳으로 옮겨서 물을 먹이고 돌봐줘야 하겠지……. 다만—."

"Yes. 문제가 하나 있군요."

"우리가…… 할 수밖에, 없겠지?"

술이 조금 깬 세 사람은 서로 마주보며 고개를 끄덕였다.

그 뺨은 술 이외의 원인으로 달아올랐고, 가슴이 쿵쾅쿵쾅 방망이질 쳤다.

여관 직원도 외부 경비를 제외하면 깨어있는 건 여성뿐이다.

그렇다면 그냥 샤리스 일행이 룩스를 간호하더라도 다를 바 없을 것이다.

샤리스는 그렇게 생각하고 욕조에서 룩스를 끌어냈다.

최대한 소년의 맨살을 보지 않도록 조심하며 수건을 두른 후 곧장 방으로 옮겼다.

"하아, 하아……. 어떻게든 첫 번째 관문은 돌파했군."

"왜, 왠지 이미 반쯤 늦은 것 같기도 하지만……."

"No. 떳떳하지 못한 짓은 아무것도 하지 않았습니다. 이건 호위로서 마땅히 해야 할 행동입니다."

세 사람의 숨결이 거친 이유는, 정신을 잃은 룩스를 2층까지 옮기느라 호흡이 흐트러진 탓이 아니었다.

더욱 충동적인 감정 때문이었다.

취기가 조금 가시기는 했지만 세 사람은 아직 흥분 상태였다.

그럴 때, 마음에 둔 소년이 거의 알몸으로 눈앞에서 누워 있는 걸 보게 되었다.

세 사람은 그 상황에 당황하며 마른침을 꼴깍 삼켰다.

"—엣취!"

여전히 눈을 감고 있는 룩스가 추위를 느꼈는지 몸을 떨었다.

"역시 이대로는 안되겠군요. 난로 옆으로 옮겨서 옷을 입혀야……."

세 사람은 다시 룩스를 들어 올려서 난로 앞 소파에 눕혔다.

"불가항력이니 용서해줘, 룩스 군."

샤리스는 그렇게 중얼거리고 룩스의 몸에 감아두었던 커다란 수건을 치웠다.

그러자 자잘한 흉터와 작은 체구에 비해 다부진 근육이 도드라진 상반신이 드러났다.

"뭐랄까, 장난 아니네. 평소에는 여장시키고 놀리곤 했는데—

역시 남자아이구나."

빰이 빨갛게 달아오른 티르파가 갈라진 목소리로 중얼거렸다.

"Yes. 이상한 감상을 말하지 말고 어서 몸이나 닦죠."

겉으로는 냉정해 보이는 녹트도 긴장으로 손을 떨면서 다른 수건으로 룩스의 살갗에 묻은 물기를 닦아냈다.

"으응……."

"윽—?!"

눈을 감은 룩스가 나직한 신음을 흘리자 녹트의 움직임이 딱 멈췄다.

자신의 의지와 무관하게 심장이 크게 요동쳤다.

녹트는 종자로서 완벽하게 행동하고자 했지만, 이성— 심지어 좋아하는 소년의 맨살과 맞닿자 역시 침착함을 유지할 수 없었다.

"정말, 곤란한 사람이네요. 늘 무모한 짓이나 하고."

"그러게 말이야. 우리 같은 걸 위해서도— 그는 전력으로 싸워주었지."

"그래서 좋아하는 거지만, 그렇기때문에 참 복잡한 감정이 든단 말이지—. 우리 같은 사람들이 계속 늘어날 것 같아서."

"……."

룩스는 눈을 감은 채 가슴을 들썩이며 조용히 숨을 쉬었다.

트라이어드의 중얼거림에도 반응하는 기미는 없었다.

녹트의 손이 멈춘 것은, 아슬아슬하게 가린 하반신에 도달했기 때문이다.

"녹트, 정 무서우면 내게 맡겨. 리더로서 책임을 다할 테니까."

"여기서 졸업 전의 마지막 책임을 다하는 거야?!"

샤리스의 제안에 티르파가 번개처럼 딴죽을 걸었다.

둘 다 그 의미를 알고 있는지 술이 아닌 다른 요인으로 얼굴이 확 달아올랐다.

"흐, 흔한 기회는 아니니까 교대로 하지 않을래? 그 뭐야, 혼자 독점하는 건, 치사하니까."

"그, 그것도 그렇군……. 교대로 하자고. 기다리는 동안에, 다른 준비를—"

"그럼, 물 가져올게. 루크찌에게 먹이고 싶으니까."

"Yes. 부탁드리죠. 그리고 이 모습으로는 조금 추울 테니 몸을 데워줘야……."

녹트는 룩스의 맨살을 수건으로 닦으면서 옆에 바짝 붙었다.

무표정으로 도끼눈을 뜨고 얼굴을 붉힌 채 룩스의 몸을 꼼꼼하게 닦아주었다.

"—무, 물 가져왔는데, 루크찌가 마실 수 있을까?"

몇 분 뒤.

커다란 주전자와 컵을 쟁반에 담아 돌아온 티르파가 동요를 감추지 못하며 말했다.

"그, 글쎄. 하반신도 얼추 닦았으니 마침 적당할 것 같군."

"아니 뭐야, 벌써 다 닦았잖아! 치사해!"

"어, 어쩔 수 없잖아……. 괜히 감기에 걸리면 안 되니까, 물기는 빨리 닦아내는 편이……."

항의하는 티르파를 다독이는 샤리스.

샤리스도 녹트도 아까보다 술이 더 깼을텐데 뺨은 더욱 붉어졌다.

어떤 의미에서는 이 자리에 있는 모두가 비현실적인 상황에 취했다고 할 수 있었다.

램프와 난롯불이 밝힌 밤의 공간이 이상야릇한 금단의 분위기를 불러일으켰다.

"그럼 최소한 물을 먹여주는 역할은 내가 할 거야!"

티르파는 컵에 물을 따라 조심스레 룩스의 입가로 옮겼다.

룩스는 무의식적으로 입을 벌려 마시려고 했다.

—그러나 아무래도 무리가 있었는지 입술 끝자락에서 물이 흘러내렸다.

"어떡하지……. 아무리 그래도 입으로 옮겨서 먹여줄 수도 없고……."

"……."

"……."

"아니, 왜 둘 다 아무 말이 없어?!"

침묵하는 샤리스와 녹트를 보고 새빨개진 티르파가 버럭 소리쳤다.

"아니, 그게…… 정말로 그렇게 할 수밖에 없겠구나 싶어서."

"그, 그치만…… 그건 선을 너무 넘는 거 아니야?"

"Yes. 하지만 이건 간호 행위이므로, 그렇게까지 무겁게 받아들이지 않아도 되지 않을까요?"

조금 호흡이 거칠어진 룩스를 둘러싸고 트라이어드가 얼굴을 마주보았다.

고민 끝에 세 사람은 동시에 고개를 끄덕였다.

그렇게— 단 하루에 불과한 졸업여행의 밤이 깊어갔다.

트라이어드에게는 여러 의미로 잊을 수 없는 여행이 되었다.

†

"하아……. 어젠 미안하게 됐어. 여러모로 폐를 끼치고 말았네."

다음 날 아침. 완전히 회복한 룩스는 여관 앞에서 모두에게 감사 인사를 건넸다.

욕탕에서 현기증으로 정신을 잃은 룩스를 직원을 불러서 옮기고 모두 함께 간호해줬다는 트라이어드의 설명을 들었기 때문이다.

"아— 응. 그렇게 미안해할 것 없어. 그, 그런데, 루크찌는 아무것도 기억 안 나지?"

평소와 다르게 얼굴에 홍조를 띤 티르파가 초조한 목소리로 물어보았다.

어쩐지 무언가를 부끄러워하는 것 같은데, 어제 술김에 한 말 때문인 걸까?

무슨 말을 들었는지 구체적으로 기억나지는 않았지만.

"욕탕에 가려고 한 것까지는 기억에 남아있긴 한데—."

확실히 티르파가 룩스의 정부가 되어줄 수 있다는 말을 꺼냈을 때쯤일 것이다.

"그, 그건! 뭐라고 해야 하나, 술김에 튀어나온 말실수 비슷한 거니까 크게 신경 쓸 것 없어! 그렇다고 아예 농담인 것도 아니긴 한데……."

"그, 그렇구나……."

눈알을 이리저리 굴리며 패닉에 빠진 티르파를 보고 룩스는 난감한 표정으로 미소 지었다.

"뭐…… 그 이상으로 대담한 짓을 간밤에 저질렀지만 말이야……."

"Yes. 저도 그 후로 술기운 때문에 기억이 불분명한지라 어쩌면 꿈일지도 모르겠습니다만……."

룩스와 티르파의 대화를 샤리스와 녹트가 곁눈질로 바라보며 밀담을 나누었다.

어쨌거나 트라이어드는 룩스 덕분에 즐거운 추억을 만들게 되었다.

그걸로— 만족할 생각이었다.

그저 사랑하는 사람을 곁에서 지탱해주는 것만으로도 행복하다고 생각했다.

"국왕 업무가 안정되면 어떻게든 룩스 군의 측실이 될 방법이라도 생각해볼까? 그 다섯 명과 아이리라면 어떻게든 설득할 수 있을 테고."

“Yes. 꽤 무리가 있는 작전이긴 합니다만…….”

“앞으로 우리 하기 나름이겠지. 룩스 군이 어떻게 하느냐는 것보다도, 과연 우리가 참을 수 있느냐 없느냐가 관건일지도 모르지만.”

그러나 호위기사가 된 소녀들의 본심은 그 이상을 바랐다.

그러므로— 미래는 어떻게 될지 모른다.

“잠깐, 둘이서 무슨 얘길 하는 거야. 자기들도 루크찌한테 그런 짓을 했으면서—.”

“……?!”

샤리스와 녹트가 험담을 하는 것으로 오해한 티르파가 좀 떨어져 있던 두 사람을 향해 큰 소리로 외쳤다.

그 직후에 아차 싶었는지 자신의 입을 틀어막았지만 엎질러진 물이었다.

“뭐야? 다들 내가 잠든 사이에 무슨 짓을 한 거야?!”

“아무것도 안 했어! 그럼 어서 성채 도시로 돌아갈까! 학원 사람들이 기다리고 있다고!”

“Yes. 아이리도 걱정할 테니 어서 돌아가죠 룩스 씨.”

“내가 잠든 사이에 일어난 일이 훨씬 걱정되거든……!”

기룡을 두른 트라이어드는 허둥대는 룩스를 억지로 안고 출발했다.

푸른 하늘 아래 펼쳐진 대지를 차기 국왕과 호위기사 소녀들이 달린다.

우정만으로는 선을 그을 수 없는 마음을 간직한 채, 꿈의 실현을 바라며 달려간다.

Episode 7 왕녀의 증거 (리샤 편)

추적추적 내리는 안개 같은 비.

왕도 로드갈리아의 밤하늘을 뒤덮은 얇은 구름의 베일이 고요한 밤의 세계를 가리고 있다.

룩스가 차기 국왕이 되기 위한 준비 기간이 끝나고—.

3학년들의 졸업과 함께 왕도에서 결혼식이 열린다.

그 전날 밤— 리샤는 기룡 격납고에서 장갑기룡을 정비하고 있었다.

왕성 부지 내의 기룡 격납고는 학원 기룡 격납고와 다르게 여러모로 불편했다.

그래도 작업을 하지 않을 수는 없었다.

"정말 늦는군. 날 얼마나 더 기다리게 할 셈이지, 룩스 녀석……."

결혼식에 필요한 준비는 모두 마쳤다.

이제는 내일을 기대하며 잠자리에 들기만 하면 되지만, 리샤는 잠들 수가 없었다.

"이럴 때쯤은 전날부터 있어줘도 괜찮은데 말이야. 나 원……."

룩스가 왕성으로 돌아오기로 한 예정 시각이 넘어가서 자꾸만 신경이 쓰였다.

"……아니, 그 녀석 잘못은 아니지."

애용하는 하얀 가운을 걸친 리샤는 장갑기룡을 조정하던 손을 멈추었다.

룩스는 다섯 명의 왕비를 맞이하기 위해서, 그리고 형식상이긴 하지만— 신왕국 차기 국왕의 역할을 수행하기 위해서 눈코 뜰 새 없이 바빴다.

그래도 룩스는 전력을 다하고 있다.

"그냥 나 혼자 불안해하는 것뿐이잖아. 역시 다른 왕비는 인정하지 말 걸 그랬나."

쓴웃음을 지으며 중얼거린 리샤는 담담히 기룡 정비를 계속했다.

얼마 후 작업이 끝났다.

"—후우. 어떻게든 완성했군. 뭐, 결혼식 때는 장소에 안 어울리니 발표할 수 없지만 말이야!"

혼잣말을 하며 웃어넘기는 리샤.

손을 씻고, 얼굴에 묻은 기름을 닦고, 격납고에 비치된 난로 옆에서 야경을 바라본다.

조금 전까지 리샤가 손보던 것은 새로운 타입의 장갑기룡— 작업, 노동용으로 조정한 기룡이다.

이제부터 신왕국은 군사력을 조금씩 줄이고 경제를 발전시키는 방향으로 정책을 수립할 것이다.

—그러나 한 번에 너무 많이 줄이면 갑작스러운 위기에 대처할 수 없다.

그러므로 여차할 때는 전력으로 이용할 수 있는— 양쪽의 밸런스를 잡은 장갑기룡을 개발하는 중이었다.

"아니면, 좀 더 공주님이라는 신분에 맞는 일을 해야 하나? 아니—."

라피 여왕이 다스리던 시절과 달리 이번에는 룩스가 국왕이다.

그것도 1년 한정인 데다 상징적인 국왕일 뿐이라 정치에는 그다지 간섭할 수 없다.

물론 리샤도 왕비로서 공무에는 동석하겠지만— 장갑기룡 기술자로서는 이 정도가 최선이 아닐까.

그런 생각을 하는 사이에 격납고에서 인기척이 느껴졌다.

"—아르마냐. 내 호위는 됐으니까 이만 들어가서 자라."

"그건 내가 할 말이야, 언니."

학원 교복을 입고 금발을 짧은 포니테일로 묶은 리샤의 동생 아르마가 어이없다는 어조로 대꾸했다.

아무래도 왕성에서 빠져나온 리샤를 찾아다니던 모양이다.

"왕성 부지 안이긴 하지만 위험한 짓은 하지 마. 《드레이크》가 주위를 감시하고 있긴 해도 여긴 성내보다 경비가 허술하다고."

"뭐야, 잔소리하러 온 거야?"

"걱정해서 그러는 거야. 이렇게 밤 늦게까지 일하니까……."

"알고 있어."

자매 사이에 조용한 침묵이 흘렀다.

그래도 리샤는 격납고 안에서 창밖을, 밤하늘을 올려다 보았다.

"걱정하지 마, 언니."

아르마는 성으로 돌아오지 않은 리샤를 타박하는 대신 이렇게 말했다.

"『검은 영웅』 님은— 언니를 슬프게 하지 않을 거야. 반드시 행복하게 해줄 거야."

리샤는 그 한마디에 동생의 의도를 알아차렸다.

리샤가 혼인 및 향후 신왕국의 미래에 불안을 품고 룩스의 귀환을 기다리고 있다고 생각한 것이리라.

"말 안 해도 알아."

"다른 네 명의 왕비는 분명 만만찮은 라이벌이지만—."

"그건…… 그렇지만, 그것 때문이 아니야."

리샤는 힘없이 웃으며 동생을 깨우치려는 것처럼 말했다.

"어마마마를 잃은 탓도, 룩스가 곁에 없어서 불안한 것도 아니야. 하물며 다른 녀석들에게 룩스를 빼앗길 거라는 생각은 해본 적도 없어."

"그럼 왜 결혼식 전날 밤까지 작업하는 건데?"

"—몰라. 하지만 이렇게 하고 싶었어. 그 녀석이 이 성으로 돌아올 때까지—."

그렇게 말을 주고받다 보니 지금까지 리샤의 가슴 속을 뒤

덮고 있던 안개가 걷혀가는 것 같았다.

"밤새운 탓에 내일 결혼식 때 늘어지게 하품해도 난 모른다?"

"걱정하지 마."

리샤는 어째서인지 확신을 갖고 말했다.

"분명 졸리다는 생각이 들지도 않을 만큼 특별한 시간이 될 테니까."

"……."

희미한 미소를 머금은 리샤의 옆모습.

아르마는 그 초연하고도 행복한 표정을 넋을 잃고 바라보았다.

공주라는 지위에 고뇌하면서도 도망가지 않고 싸워 온 소녀가 진정한 소망을 이룬 모습이 그곳에 있었다.

"옛날에는, 무서워서 잠들 수가 없었어. 구제국의 포로로 잡힌 날 밤에는."

"……."

리샤는 먼 과거를 돌아보며 말했다.

"살해당할지도 모른다. 세계가 언제 끝날지 모른다. 그런 공포에 벌벌 떨면서 아버지가 구해주길 기다렸지."

"……."

아르마도 알고 있다.

결국 아티스마타 백작은 리샤를 구하는 대신 대의를 선택했다.

"아버지의 판단을 원망할 생각은 없어. 다만 그 이후로 남자에게 불신감이 싹트게 됐지. —하지만 지금은 달라. 들떠서 잠이 안 와. 처음으로 좋아하게 된 남자와 맺어지는 게 이토록 기쁠 줄은 상상도 못 해봤어."

"그랬구나."

아르마는 고개를 끄덕이며 리샤를 따라 밤하늘을 올려다보았다.

조금만 더 언니의 대화에 어울려주자고 생각했다.

내일 결혼식을 올리고 공주에서 왕비가 되기 전까지 리샤의 곁에 있고 싶었다.

"언니는 룩스 님의 어떤 점을 좋아해?"

"—뭐?! 갑자기 뭘 물어보는 거야?!"

아르마의 질문에 허를 찔렸는지 리샤가 크게 당황했다.

"후학을 위해서 나도 흥미가 있거든."

"……글쎄다. 한마디로 설명할 수가 없는데. 그 녀석을 좋아하는 이유는."

"너무 많다는 거야?"

"많기야 하지만— 결혼하고 싶다는 생각까지 들게 한 건 그런 점이 아니야. ……아마도."

리샤는 어딘지 모르게 어색한 어조로 대답했다.

문득 룩스의 귀환을 못 기다리겠다는 듯 격납고 옥상으로 올라가려고 했다.

초봄이지만 한밤중에는 여전히 춥다.

그래도 비가 그쳤다면 추위는 기세가 한풀 꺾였을 터다.

빨리— 보고 싶다.

그 마음을 가슴에 품고 계단을 올라가 옥상으로 향했다.

"—아."

리샤는 하늘을 올려다보고 숨을 죽였다.

비가 그친 하늘은 그야말로 절경이었다.

보석처럼 반짝이는 별들이 무수히 박힌 드넓은 하늘.

말문이 막힐 정도로 아름다운 광경에 추위마저 잊고 정신없이 하늘을 바라보았다.

"—정말 아름다워."

"하늘을 보니 내일 날씨는 화창하겠네."

마음을 정화하고 들뜨게 하는 정경.

비록 지금 이 자리에 있었으면 하는 사람— 룩스는 없었지만, 그래도 쓸쓸하지 않았다.

"그 녀석도 지금 이 하늘 아래에 있을까?"

"응. 분명, 언니를 생각하고 있을 거야."

"그건 장담할 수 없겠는데?"

리샤는 어딘가 장난스럽고도 자포자기한 듯한 어조로 악담을 했다.

"그 녀석은…… 자기 자신 이외에 너무 많은 것을 안고 있어서 한계에 도달했다고. 참 번거로운 남자야."

"하지만— 그 점이 좋은 거지?"

"아니."

"뭐……?!"

리샤가 부정하자 아르마는 놀랐다.

"그 녀석에겐 좋은 점이 아주 많아. 남에게 상냥하고, 세심하게 배려해주고, 노력을 게을리하지 않고, 성실해. 하지만—."

첫째로 좋아하는 건, 그게 아니야.

리샤가 그렇게 말하려고 했을 때, 달을 등지고 날아오는 장갑기룡 한 기가 멀리서 보였다.

"—룩스?"

"아……."

리샤가 그 기룡의 사용자가 누구인지 깨달은 직후, 아르마는 천천히 언니에게서 등을 돌리고 격납고 계단을 내려갔다.

지금까지는 리샤의 호위 겸 감기에 걸리지 않게 지켜보려는 의도로 대화를 나누었지만, 더는 그럴 필요가 없음을 깨달았다.

†

"—리샤, 님?"

별이 가득한 밤하늘을 등 뒤에 둔 두 사람의 시선이 교차한다.

서로의 거리가 차츰 가까워진다.

그리고, 룩스를 바라보는 소녀의 얼굴이 부드럽게 풀어진다.

직접 왕성으로 갈 예정이었던 룩스는 급히 방향을 틀어서 격납고 옥상에 착지했다.

리샤는 천천히 룩스에게 다가갔다.

"참 빨리도 오는구나, 바보 같은 녀석. 대체 신부를 얼마나 기다리게 할 셈이냐?"

"죄송합니다, 리샤 님. 회담이 길어지는 바람에……."

우선은 그렇게 서로의 존재를 확인하는 것처럼 인사를 나누었다.

그 후, 룩스는 곧바로 의아해하는 표정을 지었다.

"작업하고 계셨어요? 어째서 이렇게 늦은 시간까지……."

"윽……?!"

리샤는 그 지적에 당황했다.

"아, 그게, 딱히 할 일도 없어서 개발 중인 작업용 장갑기룡을 손보면서 시간을 죽이고 있었을 뿐이다."

어째선지— 룩스를 기다리고 있었다고 솔직하게 말하지 못하고 시선을 피했다.

"이렇게 추운 밤에 무리하시면 어떡해요! 내일은 그— 저랑 결혼하는 날인데."

"—."

결혼. 그 단어에 약간 얼굴이 뜨거워졌지만 룩스는 리샤의 어깨를 붙잡고 가까이 다가갔다.

마찬가지로 창피함에 얼굴이 새빨개진 리샤는 반격했다.

"너, 너야말로 왜 이렇게 늦은 시간에 혼자 돌아온 거냐! 위험하게 말이야. 너무 부주의한 것 아니냐?"

리샤는 팔짱을 끼고 볼을 부풀리며 룩스의 부주의함을 나무랐다.

이에 룩스는 난처한 표정으로 변명했다.

"그건…… 중간까지는 트라이어드랑 동행했으니까, 혼자 움직인 건 겨우 십여 분 정도예요."

"그걸 지적하는 게 아니야. 아무리 장갑기룡에 히터가 있다지만 비가 오는 밤은 기온이 팍 내려가는데— 너야말로 감기에 걸리기라도 하면 어쩔 거냐?"

매섭게 눈을 치켜뜨고 노려보는 리샤.

그것은 밤이 깊어가도 포기하지 않고 룩스를 기다린 그녀가 느낀 부끄러움의 반증이었다.

"죄송합니다."

잠시 뜸을 들인 뒤 룩스는 쓴웃음을 지으며 말했다.

"리샤 님을 빨리 만나고 싶어서, 밤이 늦었는데도 돌아가려고 한 거예요."

부끄러운 것처럼.

쑥스러운 것처럼.

그래도 사랑하는 눈앞의 소녀를 똑바로 바라보며 진심을 털어놓았다.

"어쩌면 안 주무시고 저를 기다리실지도 모른다고 생각했거든요. 그러니 얼른 돌아가야 하겠다 싶어서……."

"바, 바보……. 나를 뭐라고 생각하는 거냐."

룩스의 맑은 미소를 본 리샤는 자기도 모르게 고개를 돌리고 중얼거렸다.

소녀는 자신의 뺨이, 몸이 뜨거워지는 걸 느꼈다.

"—하지만, 나도 참 바보 같군."

"……네?"

리샤가 작게 중얼거린 한마디를 듣고 룩스는 눈을 크게 떴다.

"지금 깨달았어. 내가 여기서 작업하던 이유는, 네 곁에 있고 싶었기 때문이었다."

리샤는 진심으로 안도한 미소를 지으며 아직 기룡을 두르고 있는 룩스에게 다가갔다.

"나는 국가 방침 같은 것에는 의견을 제대로 피력할 줄 모르니까 말이지. 그래서 내가 할 수 있는 일이 있다면 하고 싶었다. 너도 그렇지?"

장의 차림의 룩스는 교복 차림의 리샤와 몸을 맞댔다.

살짝 위를 바라본 리샤가 룩스의 얼굴을 응시했다.

눈동자 속에 서로의 얼굴이 비쳤다.

"너라면 분명 그랬을 거야. 늘 자기 자신이 할 수 있는 일을 전력으로 해왔지. 그러니까 나도 너를 따라하면— 입장이 바뀌어도, 어디에 있더라도 늘 함께하는 거라고, 그렇게 생각했던 거겠지……."

"—."

아아.

리샤의 속마음을 알게 된 룩스는 다시금 생각했다.

혁명을 바라던 구제국의 왕자와 구원을 바라던 영걸의 딸.

처음 만난 그날 이후로 룩스와 리샤의 입장은 바뀌어서 공주와 그녀를 섬기는 기사가 되었다.

그리고 지금은 새로운 국왕과 그 왕비다.

시대와 운명에 휘둘리며 두 사람의 지위와 관계는 변해왔다.

그래도— 두 사람을 이어주는 불변의 요소가 있었다.

"앞으로는 내가 널 지탱해주마. 지금까지 네가 날 지탱해준 것처럼. 그러니까—."

그러니까.

룩스가 돌아오기를 기다렸던 거라고. 자신이 해야 할 일을 하고 있었던 거라고.

룩스는 눈앞에 있는 리샤의 몸을 부드럽게 끌어안았다.

"앗……."

고독과 슬픔을 견디며, 앞만을 바라보며 싸운 소녀.

룩스에게 왕이 가야 할 길을 보여준 소녀.

리샤를 향한 사랑이 폭발적으로 솟구쳤다.

"고맙습니다, 리샤 님."

"……잠깐, 갑자기 껴안지 마. 그, 조금 전까지 정비하고 있었으니 기름 냄새가 날 텐데…… 아마도."

품에 안긴 채 허둥대는 리샤.

하지만 룩스는 소녀의 몸을 놓지 않았다.

"리샤 님. 당신을 사랑합니다."

"응…… 나도, 사랑한다."

소녀의 빨갛게 물든 귓가에 다정하게 속삭인다.

리샤는 눈을 감고 살짝 고개를 들어 올리며 그림자가 포개지기를 기다렸다.

†

“기다리셨죠, 리샤 님, 우왓……?!”

룩스가 안개비에 젖은 머리카락을 닦고 실내복으로 갈아입은 다음 침실로 향하자— 리샤는 붉은 캐미솔로 갈아입은 후였다.

“바, 반응이 그게 뭐냐. 이래 봬도 제법 기합을 넣었단 말이다. 요루카의 조언을 따라서.”

어둑한 침실. 소녀는 아련한 램프 불빛을 받으며 기다리고 있었다.

리샤의 아름다운 금발이 돋보이는 데다가 평소와 사뭇 다르게 색기가 감돌아서 룩스는 잠시 넋을 잃었다.

“아, 그게, 아름다워서— 저도 모르게 그런 소리가 나왔네요.”

“부, 부끄러운 말 하지 마라! 그래도 뭐, 고맙다…….”

“…….”

이곳은 왕성의 침실.

리샤는 룩스를 일부러 자신의 방으로 불렀기 때문에— 아무래도 의식하지 않을 수가 없었다.

두 사람이 처음 만난 날. 룩스는 대욕탕에서 리샤 위에 올라탔던 기억이 떠올랐다.

그때, 수증기에 가려져있던 리샤의 몸과 비교하면 지금도 키는 거의 그대로였지만, 기분 탓인지 볼륨감이 좋아진 것 같았다.

자기도 모르게 침을 꼴깍 삼키는 소리를 무마하기 위해 근처에 있는 와인잔 두 개에 심홍색 와인을 따랐다.

그리고 슬쩍 들어 올리며 건배했다.

"그, 그럼, 내일 결혼식을 축하하며."

"우리와 신왕국의 미래를 위하여—."

두 사람은 동시에 와인을 마셨다.

우선 풍부한 향기가 입안을 가득 채우고 가슴 속에 퍼져나갔다.

새콤달콤하면서도 눈앞이 아득해질 정도로 농밀한 맛에 이성이 녹아내려 꿈결 속에 있는 것 같았다.

"자기 전에 마시기엔 좀 센 것 같기도 하군."

"그래도 이제 쉴 일만 남았잖아요? 그러니 괜찮아요."

룩스는 살짝 뺨을 붉히고 리샤에게 미소 지었다.

밤늦게 돌아오느라 지쳤지만, 덕분에 마음이 통하는 사랑스러운 소녀와 만났다.

그리고 내일은 기다리고 기다리던 결혼식을 올린다.

그걸로 충분히 행복했다.

—하지만.

"뭐—, 뭐야. 바로 자려는 거냐? 아무 짓도 안 하고—."

"헛……?!"

침대 위에서 다리를 W 모양으로 하고 앉은 리샤가 새침하게 흘겨보며 말했다.

생각지도 못한 발언을 듣고 룩스의 머릿속에는 아찔한 열기가 차올랐다.

이건 설마 유혹하는 것일까.

'하지만 리샤 님이, 설마—.'

방금 와인으로 축였던 룩스의 입안이 말라갔다.

"……어, 그러니까, 굿나잇 키스 얘기인가요? 그거라면—."

룩스는 심호흡을 한 차례 하고서 어떻게든 온화한 미소를 지었다.

그렇게라도 하지 않으면 진정할 자신이 없었지만—.

"너, 설마 나를 애라고 생각하는 것이냐?"

"네……?!"

홍조를 띤 리샤가 실눈을 뜨며 째려보았다.

"리, 리샤 님. 정말 괜찮으시겠어요?"

룩스는 각오를 다지고 캐노피가 드리운 침대 위로 올라갔다.

부드러운 탄력으로 침대가 살짝 꺼졌다.

얼굴과 얼굴이 조용이 가까워지고, 두 사람의 입술이 맞닿았다.

뜨겁다.

술에 취한 정도의 체온일 뿐인데 어째선지 그렇게 느껴졌다.

몇 초간 입맞춤을 나누고 슬쩍 떨어지자 리샤는 멍하니 룩스의 눈을 바라보며 말했다.

"지금 한 것도 좋아하지만— 내가 하고 싶은 건, 이런 키스가 아니야. 어른의 키스다. 이제 슬슬, 해도 될 때가 되었고."

"그, 그런가요."

갈라지려는 목소리를 애써 가다듬었다.

리샤도 최대한 용기를 쥐어짜서 꺼낸 말일 테지만, 룩스 또한 격렬하게 동요했다.

어차피 내일 정식으로 결혼하는 몸이고, 서로의 마음은 충분히 확인했다.

그러니 문제는 전혀 없을 것이다.

"나도 어엿한 레이디야. 키스를 하는 정도로는 아이가 생기지 않는다는 건 안다."

"아, 네!"

아니, 그것보다, 거기서부터 시작하는 건가요!

그렇게 태클을 걸고 싶은 마음도 없잖아 있었지만, 리샤처럼 연애에 둔감한 소녀가 스스로 어프로치 하는 모습을 보니 기뻤다.

'리샤 님이 용기를 내고 계셔. 그러니 나도 남자답게 행동해야……!'

그렇게 생각하고 침대 위에 앉은 채 리샤의 등 뒤로 팔을 둘렀다.

"그, 그럼, 정말 괜찮은 거죠?"

룩스는 리샤와 마주보며 살짝 떨리는 목소리로 물었다.

리샤는 수줍은 듯 고개를 푹 숙인 채로 끄덕였다.

스르륵, 캐미솔을 벗는 리샤.

새하얀 레이스 속옷이 드러난다.

"저, 저기…… 부탁이니 뒤로 돌아다오. 아무리 그래도 과정을 보여주는 건……."

"아, 알겠습니다."

그로부터 10초간 옷이 스치는 소리가 들렸다.

"이제, 됐어……."

조명은 은은한 램프밖에 없는 어슴푸레한 방 안에서 리샤가 속옷 차림이 되었다.

그리고 이불을 위에 덮고 불안과 기대가 한데 섞인 표정으로 물끄러미 룩스를 바라보았다.

"리샤 님, 아름다워요."

"너, 너무 빤히 보지 마라. 어쩔 수 없는 거긴 해도 부끄럽단 말이다. 네가 상대이니까— 으음."

룩스는 리샤가 말하는 도중에 거리를 좁혀서 가볍게 입을 맞추었다.

"기뻐요, 리샤 님."

"……그, 그러냐."

다시 마주 본 두 사람은 심장소리가 차츰 커지는 걸 느꼈다.

서로 같은 기분이라는 건 굳이 말로 표현하지 않아도 알 수 있었다.

"그럼, 이제—."

"아, 잠깐만. 아직 옷이 두 벌 남아있다."

리샤는 부끄러워하면서도 슬며시 손을 내밀어 제지했다.

"이래서는 모처럼 아이를 만들려고 해도 할 수 없으니까."

"……네?"

수수께끼의 발언에 룩스의 사고가 한순간 정지했다.

"알몸으로 서로 끌어안고 키스를 해야 아이가 생기는 거잖아? 정말이지 남녀의 몸은 참 신기하다니까."

"……아."

룩스의 사고가 완전히 정지했다.

리샤가 무슨 말을 하는 건지 바로 알아차리지 못했다.

"저기, 리샤 님. 어디서 그 지식을—."

"에잇, 그걸 꼭 물어봐야겠느냐! 책이다! 연애소설을 보고 배웠다!"

"……음."

한동안 멈춰있던 룩스는 고개를 돌렸다.

그 사이에 리샤는 안절부절 못하면서 룩스에게 몸을 기댔다.

"내 마음의 준비는 다 끝났다. 언제든지 오거라!"

리샤는 그렇게 말하면서 양팔을 벌렸다.

살짝 떨고 있긴 했지만, 룩스를 굳게 믿고 당당하게 행동했다.

그 모습을 본 룩스는 조금 당황했지만, 이내 얼굴에서 힘을 빼며 미소를 지었다.

그녀의 마음이 너무나도 고마웠다.

"—네. 사랑합니다, 리샤 님."

그리고 자그마한 소녀의 몸을 힘껏 끌어안았다.

그대로 평온한 하룻밤이 지났다.

†

다음 날.

룩스와 리샤의 결혼식이 왕도 로드갈리아의 대성당에서 대대적으로 거행되었다.

“세계를 구한 영웅과 영걸께서 남기신 공주님이 맺어지다니!”

“정말 경사로운 일이야! 신왕국의 새로운 시작이라고!”

“그 날품팔이 왕자님이 훌륭하게 자랐구나……. 리샤 님도 정말 고생 많이 하셨고.”

왕도 시가지를 달리는 마차를 향해 사람들의 환호성이 비처럼 쏟아졌다.

룩스는 지금— 새하얀 드레스를 입은 리샤와 함께 마차에 있었다.

“…….”

룩스와 리샤는 가끔 민중들에게 손을 흔들면서 온화한 미소를 보냈다.

물론 왕립 사관 학원 학생들도, 세계 각국의 전우 『칠용기성』도— 모두 참석해 주었다.

“—어떠냐? 모든 이들에게 국왕으로서 환영받는 소감은.”

대로를 벗어나 드디어 왕성으로 돌아갔다.

그 도중에 마차 안에서 옆에 앉은 리샤가 문득 물어보았다.

룩스는 잠시 말을 고른 후 똑바로 리샤를 보며 대답했다.

“솔직히, 처음에는 좀 불안했어요. 저 같은 게 과연 할 수 있는 게 있을지, 올바른 미래를 선택할 수 있을지—."

혁명에 실패한 이후로, 날품팔이 왕자가 된 이후로.

룩스는 계속 그런 생각을 해 왔다.

하지만— 리샤와 만나서 이상적인 통치자의 모습을 보게 되었다.

그 이후로 오랫동안 싸우고, 대화하고.

극복해서 소녀들과 깊은 인연을 만들었다.

고독했던 룩스의 안식처가, 세계가 넓어졌다.

그리고 지금 있는 곳은— 그렇게 도착한 미래다.

"리샤 님이 곁에 있어준다면, 분명 괜찮을 거예요."

"—그러냐."

기쁜 듯 뺨을 붉히며 리샤가 끄덕였다.

"나도 그렇게 생각한다. 네가 곁에 있어준다면, 분명—."

환호성과 박수의 빗속에서, 마차는 천천히 왕성 문을 통과했다.

Epilogue 최약무패의 신장기룡

"잘 다녀와, 엄마들~!"

"빨리 돌아와야 해~."

"집보기는 맡겨만 주세YO!"

토르키메스 연방 상공에 떠 있는 제7유적『달(문)』.

어떤 두 소녀는 통괄자(기어 리더) 리 프리카와 어린아이들의 배웅을 받으며 지상의 신왕국으로 출발했다.

"룩스 군이 모두와 결혼식을 올린 뒤로— 벌써 한 달이 됐구나."

은발을 세 가닥으로 땋은 소녀, 에이릴 뷔 아카디아는 진지한 어조로 말하며 미소 지었다.

유적 심층부에 숨겨져서 냉동 수면 중이었던 아기들.

아카디아 황국과『열쇠 관리자』의 피를 이어받은 몇 안 되는 생존자들을 모아서 가르치고, 유적의 기능을 관리하고, 차근차근 봉인해서 지금의 인간에게 알맞은 기술과 지식수준으로 천천히 돌려놓는다.

에이릴은 그 역할을 수행하며 하루하루를 보내고 있었다.

일곱 개의 유적을 순회하며 엄중하게 시스템을 관리. 숨겨진 정보를 해독해서 유적 심층부로 피난한 생존자를 구출하고, 이 시대에 적응할 수 있게끔 도와서 새로운 보금자리를 찾아주는 게 그녀가 맡은 일이었다.

당연하지만 유적을 노리는 도적이나 사병을 보유한 야심가는 여전히 적지 않은 탓에 안심할 수 없었다.

매일 눈이 핑핑 돌 정도로 바쁘긴 해도 그만큼 충실했다.

“나는 아직 나이도 어리고 직접 낳은 것도 아닌데 엄마 취급받는 게 무척 불만스러워. 그 녀석들은 나를 『언니』나 『누나』라고 불러야 해.”

갈색 피부의 기룡사 소피스는 약간 불쾌함이 섞인 무표정으로 중얼거렸다.

그 불평을 듣고 에이릴은 쓴웃음을 지었다.

“그 애들은 머리가 좋으니까 우리가 싫어하는 걸 알고 일부러 놀리는 거야.”

두 사람은 쑥쑥 자라는 아이들을 생각하며 신왕국으로 날아갔다.

소피스는 화창한 푸른 하늘을 장갑기룡으로 날아가며 옆에 있는 에이릴에게 물었다.

“그러고 보니 에이릴, 룩스 문제는 괜찮아?”

“…….”

갑작스럽고 모호한 질문.

하지만 에이릴은 순식간에 그 의미를 파악했다.

그렇기에 바로 대답할 수 없었다.

"좋아했잖아. 여섯 번째 왕비님이 되는 건 어때? 지금이라도."

"왜 하필, 지금 그 얘기를 하는 거야?"

에이릴은 어색하게 웃으며 되물었다.

"그럼 남들이 있을 때 물어봐도 돼?"

"그건…… 참아줬으면 좋겠어."

쓴웃음을 지으면서 한동안 말없이 비행하던 에이릴은 이윽고 입을 열었다.

"지금도 좋아해. 나도 꼭 왕비가 되고 싶다…… 라고 말하면 아마 다들 거절하진 않을 거야. 전부 상냥한 사람들이니까."

"……."

소피스는 홀가분하게 얘기하는 에이릴을 말없이 바라보며 경청했다

"하지만, 됐어. 룩스 군은 그런 사람이기 때문에 수많은 짐을 기꺼이 떠안으니까. 이 이상 부담을 줄 수는 없어."

"그걸로 만족할 수 있겠어? 너는—."

"응. 나는 이미 그에게 구원받았으니까. 저주받은 『창조주』의 운명에서 해방되었으니까……."

룩스 덕분에 이 시대에 녹아들 수 있었다.

자신의 마음을 믿고 싸워주었고, 구시대에서 시작된 증오의 연쇄로부터 해방시켜주었다.

덕분에 에이릴은 이제 자유의 몸이 되었다.

"그렇구나."

소피스는 미소를 짓고 슬쩍 에이릴 옆으로 붙어서 하늘을

날았다.

그런데 몇 초 후, 에이릴이 불쑥 중얼거렸다.

"……뭐, 국왕 임기가 끝나면 좀 생각해볼까? 그때쯤이면 룩스 군도 복잡한 문제에서 해방될지도 모르니까."

"에이릴……. 그건 분명 실패하는 패턴이라고 봐."

"괜찮아! 그냥 생각만 하는 거니까!"

두 사람은 농담을 주고받으며 맑은 하늘을 날아갔다.

한없이 포근한 봄바람과 햇살이 무척 기분 좋았다.

†

"—그럼 제 강의는 여기까지입니다. 다들 제대로 복습하세요."

"네!"

세리스는 교실의 학생들에게 그렇게 말하고 천천히 교실에서 나갔다.

복도로 나서자 지금은 왕의 호위기사인 샤리스가 기다렸다는 것처럼 나타났다.

"특별 강사 역할도 제법 익숙해진 것 같네?"

"놀리지 마세요. 이 일은 저도 아직 배워가는 과정이니까요."

세리스가 늠름한 표정을 지우고 쑥스럽게 대꾸했다.

학원을 졸업한 세리스는 이제까지 디스트가 다스렸던 서방령을 물려받기 위한 공부를 하며, 가끔 장갑기룡의 강사로서 왕립 사관 학원에 출두했다.

“그리고 방심하지 마세요. 규모는 훨씬 작을 테지만 아직 어딘가에 위협이 남아있을지도 모르니까요.”

“그런 것치고는 집중력이 시계 쪽에 가있는 것처럼 보이던데. —하긴, 며칠 만에 그를 만나는 거니까 마음이 급해지는 것도 무리는 아니겠군.”

“무슨……! 그런 말투는 불허하겠습니다! 저는 뭐, 룩스의 행보에 대해서는 걱정하지 않으니까—.”

“아하, 제대로 시간을 할애해서 세리스를 보고 있다는 건가. 일부다처 생활에도 제법 익숙해졌나 보네.”

샤리스는 의미심장한 어조로 놀렸다.

그런 와중에 세리스는 약간 빠른 걸음으로 중앙정원으로 이동했다.

“어랍쇼, 말과 다르게 몸은 솔직한걸? 아니면— 몸이 달아서 못 참겠어?”

“적당히 하시죠! 여긴 학원이라고요?!”

샤리스가 재차 놀리자 세리스는 결국 폭발했다.

“미안해 세리스. 오랜만에 봐서 반가운 나머지 말이 조금 지나쳤네.”

부러운 마음에 살짝 심술을 부리려던 것이 선을 살짝 넘었기 때문에 샤리스는 쓴웃음을 지으며 사과했다.

계속 걸어서 복도 끝에 도착하자 기막힌 표정으로 도끼눈을 뜬 소녀 두 명이 서있었다.

아이리와 녹트였다.

"정말이지, 두 분 다 졸업하고 어른이 되었나 싶었는데 하나도 변한 게 없네요."

"아하하하."

아이리의 한숨을 샤리스는 웃어넘겼다.

"Yes. 그래도 뭐, 세리스 씨는 신혼인 것치고는 조신하게 잘 참고 있는 편 아닐까요?"

녹트의 지적에 아이리가 맞장구를 쳤다.

"저래 보여도 외로움을 많이 타는 사람이니까요. 강한척할 때가 오히려 걱정돼요."

"저기, 이제 그만 놀리면 안 될까요? 그나저나— 어째서 두 사람이 여기에 있나요?"

"Yes. 오늘은 아시다시피 에이릴 씨가 방문하는 날입니다만, 사소한 사건이 일어날 것 같다고 요루카 씨가 얘기해서—."

녹트는 두 사람에게 냉정한 말투로 말했다.

"참 곤란하다니까요. 기껏 세상에 평화가 찾아왔는데, 여전히 흉계를 꾸미는 사람이 있으니까요."

아이리는 탄식을 흘리며 구체적으로 얘기했다.

아무래도— 기룡사 도적떼가 오늘 에이릴이 정기 보고차 성채 도시에 온다는 정보를 입수하고 성채 도시에 있는 외교관 중 하나를 인질로 잡아 습격을 계획하는 모양이었다.

"Yes. 뭐, 인질은 요루카 씨가 금방 구출할 테니 잔당을 추격할 사람이 필요합니다만, 두 분 다— 요즘 실력이 녹슬지는 않았겠지요?"

"글쎄요. 어쩌면 그럴지도 모르겠네요."

세리스의 입술이 미미한 곡선을 그렸다.

그리고 자연스럽게 허리의 검대에 손을 댔다.

†

성채 도시 크로스 피드에서 약간 서쪽에 위치한 드넓은 평원.

수십 명의 기룡사로 구성된 도적단의 두목은 초조해하고 있었다.

그들은 큰 조직이 아니다.

세계가 전쟁으로 혼잡한 틈을 타 몰래 갖고 있던 뿔피리를 써서 환신수의 습격을 가장하여 변경에 있는 작은 마을 몇 개를 습격. 그렇게 재산과 식량 등을 약탈하고 차츰 조직의 규모를 키우는 도중이었다.

세계의 존망이 걸린 상황에서도 화재 현장의 도둑처럼 약자를 습격하는 악독한 집단.

원래는 소국의 군인이었던 그들은 어느 날 상관을 암살하고 장갑기룡을 훔쳐서 도적단이 되었다.

하지만— 그들은 자신들의 실력을 과신하지 않았다.

위에는 더욱 위가 있다는 걸 잘 알았기 때문에 강자에게는 절대 덤비지 않았다.

지난 대전에서도 그저 환신수의 소행으로 위장해서 약자를 습격했을 뿐이다.

그러나 연전연승은 자신감이라는 이름의— 해이함을 낳았다.

그것이 생물의 본능이다.

그동안 손쉽게 승리를 거두며 자신감이 붙은 데다가, 남들의 이목을 피하기 위한 은둔 생활에 차츰 질린 그들은 보다 강대한 전력과 큰 수확을 탐내기 시작했다.

대전이 끝난 후 유적은 활동을 정지하여 사람과 환신수의 출입을 거부했다.

외벽을 뚫고 진입하려고 했지만, 너무나도 튼튼해서 어중간한 무장으로는 어림도 없었다.

따라서 이 이상의 전력 증강은 불가능하다고 생각했다.

하지만 유적의 관리관이라 불리는 에이릴 뷔 아카디아를 사로잡으면 상황이 달라진다.

그녀의 힘으로 유적을 열고 막대한 힘을 손에 넣을 수 있게 된다.

주기적으로 성채 도시를 방문한다는 정보를 주워들은 도적단 두목은 부하의 《드레이크》를 밀정으로 파견해서 비무장 외교관 여성 한 명을 인질로 잡았다.

인질을 앞세워서 에이릴을 협박하고 목적을 달성한다는 작전이다.

계획은 순조로웠다.

신왕국군도, 그 유명한 『기사단』도 알아차리지 못한 채 이상적으로 흘러가는 상황.

그런 줄 알았는데—.

"대체 어떻게 된 거야?!"

평원의 하늘에서 《엑스 와이번》을 조종하던 두목은 믿을 수 없는 현실에 버럭 소리쳤다.

기습하기 전에 기습당했다.

뿔피리로 조종하는 환신수 십여 마리와 바위 그늘에 잠복시켜둔 부대가, 거꾸로 단 몇 명의 기룡사에게 습격당했다.

당연하게도 부대는 대혼란.

에이릴을 습격하려던 부대가 차례차례 당했다.

그 찰나— 다른 기룡사가 통신을 보냈다.

『당신이 도적단 「하운드」의 대장이죠? 반년 전부터 경비가 허술한 변경 촌락 여럿을 혼란을 틈타 습격한—.』

『네, 네년은 누구냐! 어떻게 이 계획의 낌새를 알아챈 거지?! 무슨 목적—.』

『……하아. 곤란한 사람이네요. 질문은 하나씩 순서대로 부탁드려요.』

더없이 차분한 소녀의 목소리가 두목의 속을 더욱 긁었다.

『첫 번째 질문에 대답하자면, 저는 아이리 아카디아라고 합니다. 「기사단(시바레스)」의 참모죠. 그리고—.』

아이리는 담담한 말투로 도적에게 선고했다.

『이 계획 같지도 않은 계획은 예전에 파악했습니다. 당신들이 좀 더 큰 조직과 연결되어 있나 조사해봤는데, 그런 건 없는 것 같아서 이만 섬멸하기로 결정했죠.』

『—뭐라고?』

완벽하게 놀아났다.

상대는 알아채지 못한 것이 아니라 진작 모든 전모를 파악했고, 모르는 시늉을 했을 뿐이었다.

도적 두목은 함정에 빠진 것은 자신들이었음을 그제야 알게 됐다.

"제기랄……! 이놈들아, 힘을 쥐어짜라! 죽을 힘을 다해서 맞서 싸우자!"

"—오오오오오!"

두목이 호령하자 먼저 기습당한 부하들이 우렁차게 소리치며 기세를 높였다.

적의 선제공격을 받긴 했지만 피해는 심각하지 않았다.

환신수도 십여 마리도 여전히 건재했다.

그렇게 생각하고 역습에 나서려고 한 순간— 도적들은 기묘한 소리를 들었다.

—쐐애액!

매섭게 바람을 가르는 소리가 나더니 비행형 《와이번》 몇 기가 격추당했다.

조금 떨어진 평원의 공중에 거대한 붉은 기룡을 두른 소녀가 있었다.

그 주위에는 화살촉 형태의 투척 병기 여러 개가 떠다녔다.

소녀는 신장기룡이라 불리는 조작 난도가 높은 기체를 완벽하게 다루고 있었다.

“저건 설마—『붉은 전희』, 리즈샤르테인가!”

전율하는 도적들.

하지만 두목은 동요하면서도 적확하게 지시를 내렸다.

“당황하지 마라. 겨우 한 명이잖냐! 《와이엄》 부대, 집중포화를 퍼부어서 격추해라!”

그러나 지시를 따라 《와이엄》을 조종하는 도적들이 캐논을 겨냥한 순간— 들고 있던 무기가 차례로 저격당해 파손됐다.

“뭐야?!”

“미안하지만 그 정도 공격으로는 절대 그녀를 떨어뜨릴 수 없어. 최소한 미래 정도는 읽어야 하지.”

은청색 신장기룡을 두른 소녀는 도적들의 등 뒤 공중에 떠서 우아하게 미소 지었다.

그 바로 뒤쪽에 리즈샤르테가 접근해서 입술을 삐죽 내밀었다.

“그게 무슨 뜻이냐, 크루루시퍼! 그러고 보니 최근에 너랑 모의전을 안 해봤군. 아직 내가 더 강하다고!”

“그럼 이 일을 빠르게 처리하고 해볼까? 준비운동 수준도 안 돼서 만족 못 했거든.”

농담으로 한 말에 반응한 리샤와 말다툼을 시작한 크루루시퍼.

그러는 동안에도 두 사람의 손은 쉬지 않고 움직였다.

불과 몇 초 간격으로 도적 기룡사를 하나씩 격추했다.

“젠장, 숨겨둔 환신수를 풀어줘라! 뿔피리를 불어!”

그 광경을 보고 초조해진 두목은 후방 부대에 지시했다.

그러나 이미 그쪽도 다른 신왕국군과 싸우고 있었다.

그리고— 일방적으로 유린당하는 중이었다.

†

“에잇.”

보라색 육전형 신장기룡 《티폰》이 전광석화처럼 활주하여 중량을 실은 주먹을 휘두른다.

그때마다 중형 환신수의 핵이 박살나 차례차례 재로 변했다.

“말도 안 돼, 저렇게 무지막지한 파워라니……!”

뿔피리를 부는 도적 기룡사는 일부러 무시하고 환신수부터 보이는 족족 쓰러뜨렸다.

하늘로 날아올라 육상 전투에서 벗어난 환신수도 금색 신장기룡을 두른 소녀의 거대한 랜스에 꿰뚫려 차차 수가 줄어들었다.

물론 피르히와 세리스다.

“이건 불가능해! 저 파워는, 저 움직임은 대체 뭐야! 어떻게 저렇게 간단히 환신수를—.”

『고민할 여유는 없을 텐데요? 얼른 도망치는 게 목숨을 부지하는 거에는 좋을 거예요.』

다시 용성을 통한 아이리의 충고를 듣고 도적 두목은 초조해했다.

이것이 소문으로 듣던 『기사단(시바레스)』의 실력인가.

나름 한가락 하는 집단으로 성장한 도적단도 이제 전멸까지 1분도 채 버티지 못할 것이다.

상상을 초월하는 전력 차이에 전의를 상실한 리더는 바위 그늘에 숨겨둔 인질을 방패 삼으려고 손을 뻗었지만— 비장의 수단은 홀연히 사라진 뒤였다.

“어, 없잖아! 그 외교관이 어디로 갔지?! 조금 전까지만 해도 여기에—.”

“깨닫는 게 제법 늦는군요.”

거리가 조금 있는 아무것도 없는 허공에 자남색 신장기룡을 두른 검은 옷의 소녀가 나타났다.

그녀는 외교관을 장갑팔로 안고 도약해서 벗어났다.

“이럴수가아아아아?!”

특장형의 기능— 은폐 기능을 써서 요루카가 접근했음을 그제야 깨달았다.

그러나 모습이 보이지 않았던 것은 둘째치고, 이렇게 지척까지 접근했음에도 그 존재를 전혀 눈치채지 못할 정도로 뛰어난 잠행 능력에 도적 두목은 전율했다.

이제는 부하고 뭐고 전부 버리고 도망치는 수밖에 없었다.

“—우오오오오오오옷!”

하지만 저 다섯 명의 신장기룡 사용자와 맞닥뜨릴 수는 없다.

두목은 부하들이 시간을 끄는 동안 다섯 명의 기룡사가 없는 방향을 향해 전속력으로 날아갔다.

—그리고 그 순간, 남자는 목격했다.

거대한 칠흑색 장갑기룡이 한 기가, 전방 저 멀리에서 날아오는 모습을.

'새로운 적인가……. 하지만 상관없어! 오는 걸 알았으니 한 놈 정도는 하울링 로어로 날려버리면 돼. 그리고 뒤도 안 돌아보고 튀면 그만이야!'

그렇게 판단한 리더는 《엑스 와이번》의 에너지를 머리로 집중하고 교전에 대비했다.

1초, 2초…….

수수께끼의 검은 기룡이 다가오는 와중에, 도적 두목에게 다시 용성 통신이 들어왔다.

『눈썰미가 없네요. 왜 굳이 제일 어려운 상대를 고르는 건가요?』

어이없어하는 듯한 아이리의 말을 해석할 여유는 없었다.

그저 도적 두목은 자신이 할 수 있는 최선의 선택을— 정면에서 오는 적을 위협하는 데 절대적인 효과를 발휘하는 전술을 준비했다.

블레이드 끝을 뒤로 끌어당겨 자세를 잡아 육박전을 벌이려는 것처럼 위장한 다음 하울링 로어로 선제공격.

준비를 마치고 타이밍을 기다리고 있을 때— 두목이 두른 《엑스 와이번》에 충격이 일어났다.

투콰아아앙!

"—어?"

남자의 입에서 얼빠진 소리가 새어나왔다.

『오빠는 그런 전술에 이골이 났다고요. 토너먼트에서 황당무계한 전적을 쌓아 온 「무패의 최약」이니까.』

《엑스 와이번》의 환창기핵이 탑재된 어깨 장갑이 어느새 베인 뒤였다.

정면에서 돌격해온 상대가, 먼저 방출한 게 분명한 이쪽의 광범위 충격파를 무슨 수로 피했단 말인가—.

애초에 정면에는 검은 신장기룡의 모습이 없었다.

어느새 시야에서 사라진 뒤였다.

"이게 뭐냐고오오오오……!"

땅으로 추락하면서 도적 두목은 절규했다. 그 도중에 돌아본 등 뒤에 칠흑의 장갑기룡이 떠 있는 모습을 보았다.

『고속으로 엇갈린 거예요. 멀리서 당신의 전술을 간파하고 미리 절반의 스피드로 접근하다가 교차하기 직전에 급가속해서 그쪽이 하울링 로어를 방출하기 전에 오빠는 당신의 배후로 돌아갔죠.』

신장기룡 《바하무트》의 뛰어난 기동력을 활용해서, 상대의 책략을 간파하고 선제 타격을 가했다.

『상대의 예비동작과 전술을 간파하고 먼저 타격하는 기술. 이것이— 즉격이라는 기술이랍니다.』

도적 두목은 아이리의 설명을 끝까지 듣지 못했다.

기룡이 해제되어 맨몸으로 지상으로 낙하했다.

당연히 죽음을 각오했지만, 지면에 충돌하기 직전에 누군가가 붙잡았다.

강화형 범용기룡 《엑스 와이엄》을 두른 갈색머리 소녀— 티르파 릴루미트다.

그 즉시 기룡의 와이어로 칭칭 휘감고 기공각검을 빼앗았다.

그렇게 도적 두목은 완벽히 구속당했다.

"확보 성공— 퍼펙트~! 역시 난 대단해!"

"Yes. 훌륭합니다, 티르파. 짝짝짝."

옆에서 《엑스 드레이크》를 두른 녹트가 무표정으로 박수를 쳤다.

"근데 뭐야? 우리 활약은 이게 끝이야?! 기껏 출격했더니~!"

시간차 개그의 요령으로 티르파는 울상을 지으며 소리쳤다.

그 머리를 옆에서 토닥토닥 두드려 위로하면서 《엑스 와이번》을 두른 샤리스가 쓴웃음을 지었다.

"별수 없잖아. 오늘은 어쩌다 보니 신왕국의 정예가 학원에 전부 모였으니까. 심지어 룩스 군까지—."

"아, 맞다. 루크찌, 어서 와!"

낙담하던 티르파는 지상에 내려선 룩스의 모습을 보자마자 전속력으로 《엑스 와이엄》을 몰아 달려갔다.

"다녀왔어, 티르파. 아이리도, 다른 모두도—."

《바하무트》를 두른 룩스가 미소로 화답하자 다른 소녀들도 우르르 모여들었다.

룩스를 중심으로 모두 하나가 되었다.

"어땠느냐? 내가 싸우는 모습은. 새삼 반할 것 같지?"

"별 대단한 활약은 못한 것 같던걸—?"

리샤가 우쭐대는 표정으로 가슴을 활짝 펴자 크루루시퍼가 딴죽을 걸었다.

"네가 사냥감을 가로챈 탓이잖아?! 내 《티아마트》는 화력이 너무 강해서 죽이지 않게 힘조절하기가 어렵단 말이다!"

그렇게 평소처럼 한마디씩 주고받았다.

"정말 곤란한 후배들이로군요. 각자 지위도 있는데 룩스 앞에 서기만 하면 아이로 돌아가 버리니까."

그 모습을 멀리서 지켜보던 세리스는 작게 한숨을 쉬며 중얼거렸다.

"그러게. 그치만 세리스 선배도, 꽤 의욕이 넘치던걸?"

피르히가 살짝 웃으며 지적하자 세리스의 뺨도 확 달아올랐다.

"노, 놀리지 마세요. 저는『기사단』의 전 단장으로서 후배를 지켜볼 의무가—."

"세리스 선배랑 피이도 잘 지냈어? 싸우느라 고생 많았어."

"응. 루우도 수고했어."

피르히와 룩스는 차분히 눈을 마주보며 말 이상의 인사를 나누었다.

"네! 물론이죠. 저한테도 말을 걸어주다니, 룩스는 정말 다정하군요."

그 옆에서 눈을 초롱초롱 빛내는 세리스를 보고 아이리와 녹트는 쓴웃음을 지었다.

"설마 아닐 거라고 생각하지만, 학원 강사가 되었는데도 외톨이 버릇은 고치지 못한 건가요?"

아이리가 황당해하며 묻자 녹트는 진지한 표정으로 고개를 끄덕였다.

"Yes. 저래 보여도 옛날보다 훨씬 나아진 겁니다."

아무래도 여전히 룩스에 대한 의존도가 높은 모양이다.

그때— 요루카는 《야토노카미》를 두른 채 룩스를 노리고 검을 휘둘렀다.

완전히 방심하고 있던 『기사단』 멤버들이 순간적으로 놀라며 눈을 부릅떴다.

"—룩스?! 위험해!"

누군가가 그렇게 외쳤지만, 룩스는 조금도 당황하지 않고 순식간에 검을 들어 방어 자세를 취했다.

어쨌거나 요루카의 블레이드는 직전에 멈췄다.

"인질 구출하느라 수고했어. 이걸로 도적은 다 소탕한 거지?"

검이 부딪치기 직전에 멈춘 자세로 룩스는 미소 지으며 말을 건넸다.

"네. 그리고 훌륭한 마음가짐이옵니다, 주인님. 두 가지 대결에서 저를 이긴 뒤로도 방심하지 않으시는 것 같군요."

"요루카를 안심시키지 못하면 왕비라는 자리가 싫어져서 도망칠지도 모르니까."

룩스는 빙그레 웃으며 대답했다.

요루카와 『두 가지 대결』 계약을 하고서 한 달 후. 룩스는 멋

지게 그녀를 쓰러뜨렸고, 요루카는 왕비가 되는 걸 수락했다.

하지만 요루카를 이긴 뒤로도 룩스가 행여나 방심할까 봐 불안했는지 종종 기습 공격을 시도했다.

룩스는 참으로 요루카다운 배려라고 생각했다.

다른 사람들에게 자초지종을 알려주자 다들 납득해주었다.

재회를 기뻐하는 소녀들과 그간 못한 이야기를 주고받는 와중에, 와이어에 칭칭 감겨 구속된 도적 두목이 문득 이해가 안 된다는 어조로 입을 열었다.

"대, 대체 왜……."

자신들에게 상처 하나 입히지 않고 쓰러뜨리는 압도적인 실력과 기룡의 성능.

도적 중에서도 뛰어난 전력을 가졌다고 자부하던 도적 두목은 의문을 제기하지 않을 수가 없었다.

"어째서 그만한 힘을 가졌으면서 유적을 봉쇄한 거지……! 더 강한 힘이 탐나지도 않는 거냐! 아니, 세계를 지배할 수도 있을 거다! 그런데—."

"하아……. 욕심에 눈이 멀어 이런 짓을 벌인 주제에 조사가 부족하네요. 오빠에 대해 아무것도 모르는 건가요?"

누구보다도 빠르게 녹트가 두른 《엑스 드레이크》의 어깨에 올라탄 아이리가 탄식하며 그렇게 말했다.

"그러게 말이야. 실제로 너 자신이 그런 자만심 때문에 실패한 사례면서 잘도 그런 말을 다 하는군."

샤리스도 호쾌하게 웃으며 어깨를 으쓱했다.

"그건 말야, 루크찌가 그런 사람이라서 그래. 그 덕분에 왕으로 선택받았고, 모두가 납득한 거야.

"Yes. 룩스 씨가— 아니 폐하께서 그런 분이었다. 그저 그뿐인 얘기입니다. 여자에게는 다소 헤픈 편입니다만."

"다소, 수준이 아니지만 말이야. 우리 모두가 증인이라구."

녹트의 말을 크루루시퍼가 바로 정정했다.

소녀들의 얘기를 듣던 룩스는 오늘 처음으로 초조한 표정을 지었다.

"저기, 어째 얘기가 이상한 방향으로 흘러가는 것 같은데?! 내가 심판받는 입장인 거야?!"

"오빠의 자업자득 아닌가요?"

"Yes. 틀림없습니다."

도끼눈을 뜬 아이리 녹트 콤비가 즉각 태클을 걸었다.

이쯤 되니 국왕으로서도 기룡사로서도 체면이 말이 아니었다.

"안녕~ 룩스 군."

"야호— 소년."

"앗, 둘 다 오랜만이야~!"

그때 기룡을 두른 에이릴이 상공에서 손을 흔들며 룩스를 불렀고, 소피스도 무표정하게 인사를 건넸다.

대화의 방향이 달라져서 다행이라는 양 룩스도 손을 들어 화답하며 활짝 웃었다.

"정말 못 살겠다니까요……. 그래도 오빠치고 지금까진 잘 이끌어 나가고 있는 것 같네요. 이렇게 개성이 강한 사람들을—그리고 그녀들과 함께 구한 이 나라를."

에이릴과 합류한 일동은 귀환해서 도적을 넘기고, 유적의 활동 상황에 대해서 이야기를 나눌 예정이었다.

그 후에는— 분명 모두가 룩스를 두고 아옹다옹하면서도 화기애애한 시간을 보내리라.

모두가 서로를 돕고, 이해하고.

조금씩 앞으로 나아가리라.

"그럼, 리샤 님. 슬슬 성채 도시의 학원으로 돌아갈까요?"

재회의 기쁨을 한바탕 나눈 다음 룩스는 자신의 왕비가 된 소녀에게 말했다.

일찍이 룩스가 섬기던 공주는 최고의 미소를 지으며 왕에게 대답했다.

"그래, 우리 모두의 힘으로 만들어 나가자. 새로 거듭난 신왕국의 미래를."

© Yuichi Murakami

■작가 후기

이 세상에 상업 작품은 별의 수만큼 많지만, 시작부터 끝까지 납득가는 스토리를 보여준 작품은 얼마나 있을까.

시리즈의 끝이 가까워짐에 따라 그런 생각을 하게 되었던 아카츠키입니다.

장장 7년간 계속된 시리즈를 끝까지 따라와주셔서 감사합니다.

글을 쓰는 사람에게는 당연한 사실인데, 책이라는 것은 혼자 만들 수 있는 게 아닙니다.

모든 작품이, 비록 규모의 차이는 있을지언정 시리즈 시작부터 수많은 사람들의 공동작업을 통해 제작되죠.

운 좋게도 이 시리즈가 오랫동안 계속되면서 관여하는 분이 늘어나고, 활동하는 무대가 넓어졌습니다.

담당 편집자, 일러스트레이터, 교정, 디자이너, 영업사원, 인쇄소 관계자, 서점 관계자, 코미컬라이즈 담당 만화가, 애니메이션 감독, 각본가, 음향 감독, 성우, 게임 회사, 대만 사인회에서 신세를 진 출판사 관계자를 비롯하여— 그밖에도 일일이 열거하자면 끝이 없습니다.

처음에는 집에서 혼자 글을 끼적이는 게 전부였던 저는, 본 작품을 통해 많은 분들과 함께 일을 하게 되었습니다.

하지만 그런 일에도 언젠가 끝이 찾아옵니다.

다양한 사정으로 교대하거나 헤어질 때가 옵니다.

시리즈 마지막 권의 이 후기를 어떻게 마무리 지을지 생각하다가 문득 이런 생각이 떠올랐습니다.

약 7년간 이 작품의 최초부터 최후까지 함께한 건, 다름아닌 나 자신과 데뷔 당시에 사서 10년 넘게 애용하고 있는 노트북뿐일지도 모른다.

이 둘을 제외하면 이 시리즈 전체에 관여한 제작자는 이제 남아있지 않을지도 모른다.

그렇게 답지 않은 외로움을 느꼈죠.

하지만 그건 착각이었음을 바로 깨달았습니다.

아직 하고 싶은 말은 다 안 끝났지만 잠시 중단하고, 전부터 계속해온 캐릭터 잡담부터 마저 끝내겠습니다.

남은 캐릭터는 리샤, 크루루시퍼, 그리고 트라이어드로군요.

우선 크루루시퍼부터!

아마 애니메이션까지 포함하면 최고의 인기라고 해야 하나, 엄밀히 통계를 내본 적은 없지만 그런 기분이 드는 캐릭터입니다.

사실 그녀는 그다지 깊이 계산해서 만든 캐릭터가 아닙니다. 저는 원래 쿨한 캐릭터를 좋아하는데요, 그런 소녀가 감정이나 연심을 드러내는 순간을 보고 싶었기 때문에 2권에서는 그렇게 됐습니다. 미디어믹스에서도 예의 장면이 확실히 부각돼서 마음에 듭니다.

리샤 님!

히로인이 대량으로 등장하는 이야기에서 메인 히로인이라는 건 제일 난이도가 높은 포지션이다— 개인적으로는 그렇게 생각합니다. 그런데 왕녀는 둘째 치고, 어째서 그녀에게 기술자 속성이 붙었을까요?

솔직히 말하자면, 기획 단계에서 등장이 예정된 히로인이 너무 많았기 때문입니다.

부연설명을 하자면, 본작에서는 히로인에게 성격이나 스토리 상의 위치만이 아니라 『작품 내의 역할』을 부여할 필요가 있었습니다.

원래 본작은 다수 히로인물이라는 콘셉트로 시작됐는데요. 기획 단계에서는 없었던 소꿉친구와 여동생도 당시 담당자 님의 조언을 따라 추가했기 때문에, 메카 배틀물에서 필수인 『기술 담당』이라는 역할을 맡을 인물을 따로 더 만들고 싶지는 않았습니다.

해설 담당을 맡은 아이리가 적절한 예시가 되겠군요. 그런 식으로 역할을 부여하지 않으면 인물이 너무 늘어나서 개별 캐릭터의 묘사가 얄팍해지고, 그에 따라 이야기 전체가 망가지게 됩니다.

정리하자면 고육지책이었는데, 마지막까지 룩스 곁에 있는 서포트 역할로서도 개인적으로는 괜찮지 않았나 싶습니다.

그리고 트라이어드. 이 세 사람은 필요에 의해 탄생한 캐릭터들입니다.

신장기룡만 등장하면 평범한 기룡과의 차이를 알 수 없고, 모브 학생들이 죄다 이름이 없는 것도 위화감이 드므로 그녀들은『평범한 학생들의 상징』으로 필요했습니다.

하지만 이야기가 진행됨에 따라서 개성이 강해졌고, 점점 좋아하게 됐죠.

역시 모든 히로인이 최고로 마음에 드네요. 전부 다 사랑합니다.

마지막으로 이 긴 마지막 이야기에 함께해주신 담당자님과 일러스트레이터 무라카미 유이치님.

그리고 7년간. 이 7년이라는 긴 시간.

저와 노트북 외에도 이 시간을 공유해주신 독자 여러분께 진심으로 감사 인사를 올립니다.

또 언젠가, 어디선가 만나 뵙기를 기대하겠습니다.

2020년 4월 모일 아카츠키 센리

최약무패의 신장기룡 20

초판 1쇄 발행 2023년 3월 10일

지은이_ Senri Akatsuki
일러스트_ Yuichi Murakami
옮긴이_ 원성민

발행인_ 신현호
편집장_ 김승신
편집진행_ 권세라 · 최혁수 · 김경민 · 최정민
편집디자인_ 양우연
관리 · 영업_ 김민원

펴낸곳_ (주)디앤씨미디어
등록_ 2002년 4월 25일 제20-260호
주소_ 서울시 구로구 디지털로 26길 111 JnK디지털타워 503호
전화_ 02-333-2513(대표)
팩시밀리_ 02-333-2514
이메일_ lnovellove@naver.com
L노벨 공식 카페_ http://cafe.naver.com/lnovel11

ISBN 979-11-278-6773-7 04830
ISBN 979-11-278-4266-6 (세트)

값 8,500원